NANOFÁGICA			H.
DIA	MÊS	ANO	TIR.
30	11	23	8000

RX / TX F. S. F.

ANT. LOOP

CB055135

Editorial	**ROBERTO JANNARELLI**
	VICTORIA REBELLO
	ISABEL RODRIGUES
	DAFNE BORGES
Comunicação	**MAYRA MEDEIROS**
	GABRIELA BENEVIDES
	JULIA COPPA
Preparação	**CRISTINA YAMAZAKI**
Revisão	**LEONARDO ORTIZ**
	RENATO RITTO
Cotejo	**JULIA BARRETO**
Capa e projeto gráfico	**GIOVANNA CIANELLI**
Diagramação	**DESENHO EDITORIAL**

**TRADUÇÃO E NOTAS:
ROGERIO W. GALINDO**

UMA EDIÇÃO FEITA NO RASTRO DOS SONHOS DE:

**RAFAEL DRUMMOND
&
SERGIO DRUMMOND**

F. Scott Fitzgerald

O grande Gatsby

NANO

*Para Zelda,
mais uma vez.*

*Pois se é do agrado dela põe dourado o teu chapéu;
E se ela quer que saltes, salta até o céu,
Até que brade "Tu, que saltas alto e
[tens chapéu dourado,
Preciso de ti ao meu lado!"*
THOMAS PARKE D'INVILLIERS

Capítulo 1

Quando eu era mais jovem e mais vulnerável, meu pai me deu um conselho que venho remoendo desde então.

— Sempre que sentir vontade de criticar alguém — disse ele —, lembre que nem todo mundo teve os mesmos privilégios que você.

Ele não disse mais nada, mas sempre tivemos uma maneira reservada de ser excepcionalmente comunicativos, e compreendi que ele estava dizendo bem mais do que isso. Como consequência, tendo a evitar julgamentos — hábito que levou vários temperamentos curiosos a se abrirem para mim e que também me tornou vítima de muitos chatos inveterados. A mente anormal é rápida em detectar e se conectar a essa qualidade quando ela se manifesta em uma pessoa normal, e por isso na faculdade fui injustamente acusado de ser político, por conhecer as dores secretas de sujeitos excêntricos e desconhecidos. A maioria das confidências vinha sem que eu procurasse — muitas vezes fingi sono, preocupação ou uma leviandade hostil quando percebia, por meio de algum sinal inconfundível, que uma revelação íntima se agitava no horizonte; porque as revelações íntimas dos jovens, ou pelo menos os termos que eles usam para expressá-las, em geral são plágios e acabam se desfigurando por supressões evidentes. Evitar julgamentos é uma questão de esperança infinita. Ainda sinto um ligeiro receio de cometer algum engano, caso esqueça que, como meu pai presunçosamente insinuou e eu presunçosamente repito, uma noção das decências fundamentais é distribuída de maneira desigual quando nascemos.

E, depois de me gabar assim de minha tolerância, admito que ela tem um limite. Uma conduta pode ter suas bases em rocha firme ou em terreno pantanoso, porém depois de certo ponto não ligo mais. Ao voltar do Leste no outono tive a impressão de desejar que o mundo todo estivesse de uniforme e numa espécie de posição de sentido moral para sempre; eu não queria mais excursões tumultuadas com vislumbres privilegiados do coração humano. Só Gatsby, o homem que empresta seu nome a este livro, estava isento da minha reação — Gatsby, que representava tudo o que me causa um sincero desprezo. Se a personalidade for uma sequência ininterrupta de gestos bem-sucedidos, então havia nele algo de belo, uma sensibilidade profunda para as promessas da vida, como se ele tivesse alguma ligação com aquelas máquinas intrincadas que registram terremotos a dez mil quilômetros de distância. Essa capacidade de resposta nada tinha a ver com aquela característica frouxa das pessoas impressionáveis e que ganha o digno nome de "criatividade" — era um dom extraordinário para a esperança, uma disposição romântica como jamais encontrei em outra pessoa e que provavelmente jamais voltarei a encontrar. Não... Gatsby acabou se saindo bem; mas foi aquilo que ficou em seu encalço, a poeira imunda que flutuava no rastro de seus sonhos, que temporariamente desfez meu interesse pelas tristezas infrutíferas e pelas alegrias fugazes dos homens.

* * *

Há três gerações minha família é composta de gente ilustre e abastada desta cidade do Meio-Oeste. Os Carraways são uma espécie de clã, e a tradição diz que descendemos dos duques de Buccleuch, mas o verdadeiro fundador da minha linhagem foi o irmão do meu avô, que chegou aqui em 1851, mandou um substituto para a Guerra Civil e deu início ao comércio atacadista de ferramentas que meu pai toca hoje.

Nunca vi esse tio-avô, mas supostamente sou parecido com ele — usando especialmente como referência o retrato bastante realista que fica pendurado no escritório do meu pai. Eu me formei em New Haven em 1915, apenas um quarto de século depois do meu pai, e pouco depois participei daquela longa migração teutônica conhecida como Grande Guerra. Senti tanto prazer com a contraofensiva que voltei para casa inquieto. Em vez do caloroso centro do universo, o Meio-Oeste agora parecia um grosseiro fim de mundo — portanto decidi ir para o Leste e entrar no mercado de ações. Todo mundo que eu conhecia estava no mercado de ações e por isso imaginei que deveria haver lugar para mais um jovem. Todas as minhas tias e tios debateram o assunto como se estivessem escolhendo uma escola para mim, e por fim disseram "Bom, tudo bem", todos com semblante muito sério, hesitante. Meu pai concordou em me bancar por um ano e, depois de vários adiamentos, parti para o Leste, permanentemente, imaginei, na primavera de 1922.

O mais prático era encontrar acomodações na cidade, mas a estação era de muito calor e eu acabara de deixar uma região de gramados amplos e árvores amistosas, por isso, quando um rapaz do escritório sugeriu que alugássemos juntos uma casa numa cidade-dormitório, a ideia me pareceu ótima. Ele encontrou a casa, um bangalô simples, maltratado pela exposição ao tempo, por oitenta dólares mensais, mas na última hora a empresa determinou que ele fosse para Washington e eu fui sozinho para o campo. Eu tinha um cachorro — pelo menos tive por uns dias, antes de ele fugir — e um Dodge velho e uma finlandesa, que arrumava a minha cama e preparava o café da manhã e murmurava sabedoria finlandesa enquanto trabalhava no forno elétrico.

Foi solitário por mais ou menos um dia, até que numa manhã um sujeito, que havia chegado depois de mim, me parou no meio da rua.

— Como é que eu chego a West Egg? — perguntou, perdido.

Eu expliquei. E ao seguir meu caminho, já não estava mais solitário. Eu era um guia, um desbravador, um pioneiro. Casualmente ele havia me concedido uma certidão de morador da vizinhança.

Assim, com a luz do sol e as grandes explosões de folhas brotando nas árvores — do mesmo modo como as coisas crescem em filmes acelerados —, senti a convicção familiar de que a vida estava recomeçando com a chegada do verão.

Havia muita coisa para ler e também muita saúde a ser aspirada do tenro ar que eu respirava. Comprei uma dúzia de volumes sobre sistema bancário, crédito e investimentos em ações, e eles ficavam na minha prateleira, vermelhos e dourados como dinheiro novo recém-cunhado, prometendo revelar os segredos cintilantes conhecidos apenas por Midas e Morgan e Mecenas.[1] E eu tinha a nobre intenção de ler também outros livros. Na faculdade, eu era uma espécie de literato — num determinado ano, escrevi uma série de editoriais bastante solenes e óbvios para o *Yale News* — e agora eu traria todas essas coisas de novo para a minha vida e voltaria a me transformar no mais limitado de todos os especialistas, o "homem que sabe um pouco de cada coisa". Não se trata só de um epigrama — afinal, vê-se muito melhor a vida de uma única janela.

Foi por acaso que aluguei uma casa numa das comunidades mais estranhas da América do Norte. Eu estava naquela ilha esguia e tumultuada que se estende a leste de Nova York e onde há, entre outras curiosidades naturais, duas formações incomuns de terra. A trinta quilômetros da cidade um par de ovos enormes,[2] idênticos em contorno e separados apenas por algo que, por cortesia, podemos cha-

---

[1] Midas, nas mitologias grega e romana, é um rei que transforma tudo o que toca em ouro. John Pierpoint Morgan (1837-1913), banqueiro e financista estadunidense, foi um dos principais nomes da indústria no pré-guerra. Caio Cílnio Mecenas (70 - 8 a.C.) foi um diplomata e patrono das artes romano, que chegou a financiar a produção dos poetas Horácio e Virgílio.
[2] Fitzgerald trocou o nome dos lugares. West Egg na verdade se chama Great Neck; East Egg se chama Cow Neck.

mar de baía, sobressaem-se no mais domesticado trecho de água salgada do hemisfério ocidental, o grande celeiro molhado do Estuário de Long Island. Não são ovais perfeitos — assim como o ovo na história de Colombo, pois ambos são achatados na extremidade de contato — mas a semelhança física deve ser uma fonte perpétua de confusão para as gaivotas que os sobrevoam. Para quem não tem asas, um fenômeno mais chamativo são as diferenças em todos os aspectos, com exceção do tamanho e da forma.

Eu morava em West Egg, o... menos elegante dos dois, digamos, embora esse seja um rótulo bastante superficial para expressar o contraste bizarro e bastante sinistro entre eles. Minha casa se localizava bem na ponta do ovo, a apenas cinquenta metros do estuário, e ficava comprimida entre dois imóveis imensos alugados a doze ou quinze mil dólares por temporada. A casa à minha direita era colossal para qualquer padrão: imitação de algum *Hôtel de Ville*[3] na Normandia, com uma torre de um lado, novíssima sob uma barba rala de hera, e uma piscina de mármore e mais de quinze hectares de gramado e jardim. Era a mansão de Gatsby. Ou melhor, como eu ainda não conhecia o sr. Gatsby, era uma mansão habitada por um cavalheiro que se chamava assim. Minha casa era uma monstruosidade, mas uma monstruosidade pequena, e havia sido negligenciada, por isso eu tinha uma vista da água, uma vista parcial do gra-

---

3 *Hôtel de Ville* é o termo em língua francesa que designa o prédio onde funciona a prefeitura de uma cidade.

mado do meu vizinho, e a proximidade consoladora de milionários — tudo isso por oitenta dólares ao mês.

Do outro lado da baía cintilavam os elegantes palácios brancos de East Egg ao longo da costa, e a história do verão começa de fato na noite em que fui até lá para jantar com Tom Buchanan e a esposa. Daisy era uma prima de segundo grau com quem eu não tinha grande proximidade, e Tom eu havia conhecido na faculdade. Pouco depois da guerra, eu tinha passado dois dias com eles em Chicago.

O marido dela, entre muitas façanhas atléticas, foi um dos jogadores mais poderosos da história do futebol americano de New Haven. De certo modo, uma celebridade nacional, um daqueles homens que atingem uma excelência tão intensa e definitiva aos vinte e um anos que tudo o que vem depois tem um gosto de anticlímax. A família dele era tremendamente rica — mesmo na faculdade a liberalidade de Tom em relação ao dinheiro era motivo de censura — mas o modo como ele saiu de Chicago e partiu para o Leste foi de tirar o fôlego: por exemplo, levou de Lake Forest um conjunto completo de cavalos para jogar polo. Era difícil imaginar que um homem da minha geração tivesse dinheiro suficiente para fazer isso.

Por que eles vieram para o Leste, eu não sei. Tinham passado um ano na França, sem nenhum motivo específico, e depois ficaram à deriva, pra cá e pra lá sem parar, onde quer que as pessoas ficassem jogando polo e sendo ricas juntas. A mudança era definitiva, disse Daisy no telefone, mas não acreditei — eu não conseguia ler o coração de Daisy, mas minha impressão era de que Tom seguiria à deriva para sempre, numa busca um tanto melancólica pela dramática turbulência de algum jogo de futebol americano irrecuperável.

Assim, por acaso, numa tarde quente e de bastante vento, fui de carro a East Egg encontrar dois velhos amigos que eu mal conhecia. A casa deles era ainda mais rebuscada do que eu esperava, uma mansão em arquitetura georgiana colonial, vermelha e branca, com vista para a baía. O gramado tinha quinhentos metros, desde a praia até a porta da frente, saltando sobre relógios de sol e trilhas de tijolos e jardins ardentes — chegando enfim à casa e subindo pelas laterais em trepadeiras viçosas, como que aproveitando o embalo da corrida. A fachada era interrompida por uma sequência de portas francesas que reluziam com o ouro refletido e que se escancaravam para a tarde quente de ventania. Em trajes de montaria, Tom Buchanan estava na varanda da frente, de pé, parado e com as pernas afastadas.

Tom havia mudado desde a época de New Haven. Agora era um sujeito de trinta anos, robusto, com cabelos cor de palha, lábios tensos e modos arrogantes. Dois olhos brilhantes e presunçosos dominavam seu rosto e lhe davam a aparência de alguém avançando sempre com agressividade. Nem mesmo a ostentação efeminada do traje de montaria era capaz de esconder o tremendo poder daquele corpo — ele parecia preencher aquelas botas luzidias a ponto de tensionar os cadarços, e dava para ver uma grande massa muscular se deslocando quando seu ombro se movia sob o fino casaco. Era um corpo capaz de enorme potência — um corpo cruel.

A voz dele ao falar, um tenor áspero e rouco, aumentava a impressão de ser um sujeito irascível. Havia nela um toque de desdém paternal, mesmo quando ele falava com pessoas de quem gostava — e houve homens em New Haven que o odiaram profundamente.

"Olhe, não vá pensar que minha opinião sobre esses assuntos é a palavra final", ele parecia dizer, "só porque sou mais forte e mais homem do que você". Fizemos parte da mesma fraternidade[4] universitária, e embora jamais tenhamos sido íntimos, sempre tive a impressão de que ele simpatizava comigo e de que desejava, daquele seu modo duro, desafiador e melancólico, que eu gostasse dele.

Conversamos por uns minutos na varanda ensolarada.

— Arranjei um belo lugar aqui — disse, correndo seus olhos cintilantes ao redor.

Pegando meu braço e me fazendo dar meia-volta, ele varreu com a outra mão, uma mão enorme e espalmada, a vista que tínhamos da fachada, incluindo no movimento um jardim italiano numa baixada, dois mil metros quadrados de rosas com perfume penetrante e um barco a motor de nariz empinado que passava aos solavancos pelas águas.

— Essa casa era do Demaine, o sujeito do petróleo. — Ele me fez dar meia-volta outra vez, de forma educada, mas abrupta. — Nós vamos entrar.

---

4 Tipo de organização estudantil das universidades dos Estados Unidos. Ser aceito para uma das seis irmandades secretas garantia o nível mais alto de prestígio social em Yale.

Passamos por um vestíbulo de pé-direito alto, que dava num espaço róseo brilhante, fragilmente ligado à casa, dos dois lados, por portas francesas. As janelas estavam entreabertas e sua brancura reluzia contra a grama verdejante lá fora, que parecia ter encontrado um caminho até o interior da casa. Uma brisa soprava pela sala, levando um lado das cortinas para dentro e outro lado para fora, como bandeiras pálidas, torcendo-as rumo ao bolo glaceado de casamento do teto — e depois fazendo-as ondular sobre o tapete cor de vinho, produzindo nele uma sombra como a que o vento faz no mar.

O único objeto completamente imóvel na sala era um enorme sofá em que duas mulheres jovens flutuavam como se estivessem num balão ancorado. Ambas estavam de branco e seus vestidos ondulavam e tremulavam como se elas tivessem acabado de ser trazidas pelo vento depois de um breve voo ao redor da casa. Devo ter ficado por alguns momentos ouvindo o açoite e o estalo das cortinas e o suspiro de um retrato na parede. E então houve um estrondo quando Tom Buchanan fechou as janelas dos fundos e o vento encanado dissipou-se na sala e as cortinas e tapetes e as duas jovens pousaram lentamente no chão, como balões.

A mais nova das duas eu não conhecia. Estava estirada numa das pontas do divã, completamente imóvel e com o queixo um pouco erguido, como se equilibrasse nele algo que tinha grande probabilidade de cair. Caso tenha me visto de canto de olho, não deu mostras disso — na verdade, fiquei surpreso ao me pegar murmurando um pedido de desculpas por tê-la perturbado ao entrar.

A outra, Daisy, fez uma tentativa de se levantar — inclinou-se ligeiramente para a frente com uma expressão lúcida — e depois riu, um riso absurdo, encantador, e eu também ri e entrei na sala.

— Estou p-paralisada de felicidade.

Ela riu de novo, como se tivesse dito algo muito perspicaz, e segurou minha mão por um instante, levantando o olhar para o meu rosto com uma promessa de que não havia ninguém no mundo que ela desejasse tanto ver. Era o jeito dela. Com um murmúrio, sugeriu que o sobrenome da garota equilibrista era Baker. (Ouvi dizer que Daisy murmurava apenas para que as pessoas se inclinassem em sua direção; uma crítica irrelevante que não diminuía seu encanto.)

De qualquer modo, os lábios da srta. Baker tremularam, ela balançou a cabeça em minha direção de maneira quase imperceptível e depois logo a reclinou de novo para trás — o objeto que ela estava equilibrando evidentemente havia oscilado um pouco, causando nela um certo susto. Mais uma vez um pedido de desculpas chegou a meus lábios. Quase todas as demonstrações de total autossuficiência suscitam em mim uma homenagem atônita.

Olhei de novo para minha prima, que com sua voz baixa, provocante, começou a me fazer perguntas. Era o tipo de voz que o ouvido segue em seus altos e baixos, como se cada fala fosse uma sequência de notas que jamais voltará a ser tocada. O rosto dela era triste e belo, cheio de coisas que brilham, olhos brilhantes e uma boca ardente brilhante — mas havia um frenesi em sua voz, inesquecível aos homens que já tinham gostado dela: uma compulsão pelo canto, um "Escuta" sussurrado, uma promessa de que acabara de fazer coisas alegres e empolgantes e de que, na hora seguinte, haveria coisas alegres e empolgantes à espera.

Contei que, na parada de um dia que fiz em Chicago durante o trajeto para o Leste, uma dúzia de pessoas havia lhe mandado beijos.

— Eles sentem a minha falta? — disse, em êxtase.

— A cidade está desolada. Todos os carros têm a roda traseira esquerda pintada de preto em sinal de luto, e em North Shore ouve-se a noite toda um lamento que não para.

— Que maravilha! Vamos voltar, Tom. Amanhã! — Depois acrescentou, como se não houvesse nenhuma relevância: — Você devia ver o bebê.

— Eu gostaria.

— Ela está dormindo. Tem dois anos. Você ainda não a viu?

— Nunca.

— Bom, você precisa ver. Ela é...

Tom Buchanan, que vagava inquieto pela sala, parou e pousou a mão em meu ombro.

— O que você anda fazendo, Nick?

— Trabalho com ações.

— Onde?

Eu disse o nome.

— Nunca ouvi falar —, ele observou com firmeza na voz.

Aquilo me irritou.

— Você vai ouvir falar —, respondi lacônico. — Vai ouvir se continuar no Leste.

— Ah, eu vou ficar no Leste, não se preocupe — disse ele, olhando para Daisy e depois de novo para mim, como se estivesse alerta para alguma outra coisa. — Eu seria um tolo se quisesse viver em outro lugar.

Nesse ponto a srta. Baker disse "Com certeza!" de um jeito tão repentino que me assustou — era a primeira palavra que ela pronunciava desde que eu havia entrado na sala. Evidentemente aquilo causou tanta surpresa nela quanto em mim, pois ela bocejou e, com uma série de movimentos rápidos e hábeis, se pôs de pé.

— Estou toda dura — reclamou —, fiquei séculos deitada nesse sofá.

— Nem olhe pra mim — respondeu Daisy. — Estou a tarde toda tentando te levar pra Nova York.

—Não, obrigada — disse a srta. Baker para os quatro coquetéis que tinham acabado de chegar da copa —, estou me dedicando totalmente ao treino.

O anfitrião olhou para ela com incredulidade.

— Está mesmo! — Ele virou a bebida como se fosse uma gota no fundo de um copo. — Não entendo é como você consegue terminar qualquer coisa.

Olhei para a srta. Baker tentando imaginar o que ela tinha "conseguido terminar". Eu gostava de olhar para ela. Uma moça magra, de seios pequenos, com uma postura ereta que ela acentuava ao jogar o corpo para trás na altura dos ombros, como um jovem cadete. Contraídos pela claridade, seus olhos cinzentos voltavam-se para mim em educada curiosidade recíproca, num rosto pálido, encantadoramente descontente. Tive a impressão de já ter visto o rosto dela, ou um retrato, em algum lugar.

— Você mora em West Egg — ela observou, com desdém. — Conheço uma pessoa lá.

— Eu não conheço nem sequer...

— Você deve conhecer o Gatsby.

— Gatsby? — perguntou Daisy. — Que Gatsby?

Antes que eu pudesse responder que ele era meu vizinho, o jantar foi anunciado. Entrelaçando seu braço tenso no meu de modo imperativo, Tom Buchanan me retirou da sala como se mexesse uma peça de damas para outro quadrado do tabuleiro.

Esguia e languidamente, mãos suavemente pousadas no quadril, as duas moças nos precederam até uma varanda rósea que dava para o pôr do sol e onde quatro velas tremeluziam na mesa com um vento já mais fraco.

— Por que *velas*? — objetou Daisy, franzindo a testa. Apagou as chamas com os dedos. — Daqui a dois dias vai ser o dia mais longo do ano. — Ela olhou radiante para nós. — Vocês também ficam sempre esperando o dia mais longo do ano e aí se esquecem quando ele chega? Eu sempre fico esperando o dia mais longo do ano e aí esqueço quando ele chega.

— A gente devia planejar alguma coisa — bocejou a srta. Baker, sentando-se à mesa como se estivesse se acomodando na cama.

— Muito bem — disse Daisy. — O que vamos planejar? — Ela se voltou para mim sem saber o que fazer. — O que as pessoas planejam?

Antes que eu pudesse responder, os olhos dela se fixaram em seu dedo mínimo com uma expressão de choque.

— Olha! — queixou-se. — Machuquei meu dedo.

Todos nós olhamos. A junta do dedo estava roxa.

— Foi você, Tom — disse ela em tom acusatório. — Sei que não foi por querer, mas *foi você*. É isso que eu ganho por me casar com um grosso, um chucro, um protótipo de brutamontes que...

— Odeio essa palavra, "chucro" — objetou Tom, irritado —, mesmo que de brincadeira.

— Chucro — insistiu Daisy.

Às vezes ela e a srta. Baker falavam ao mesmo tempo, com tanta discrição e com uma futilidade tão leviana que isso nunca chegava a ser exatamente tagarelice, mas algo tão sereno quanto seus vestidos brancos e seus olhos impessoais, ausentes de desejo. Elas estavam aqui — e aceitavam Tom e eu, fazendo apenas um esforço educado e agradável para entreter ou ser entretidas. Sabiam que em breve o jantar ia acabar e que um pouco mais tarde a noite também seria casualmente encerrada. Era nitidamente diferente do Oeste, onde a noite apressava-se de uma fase para a outra rumo a seu encerramento, numa contínua antecipação decepcionada ou então em puro pânico do momento em si.

— Você faz eu me sentir pouco civilizado, Daisy — confessei na minha segunda taça de um vinho tinto rançoso, mas bastante impressionante. — Que tal falar sobre plantações ou alguma coisa assim?

Eu não quis dizer nada em particular com essa observação, mas ela foi recebida de maneira inusitada.

— A civilização está caindo aos pedaços — irrompeu Tom violentamente. — Eu me tornei terrivelmente pessimista quanto às coisas. Você leu *A ascensão dos impérios de cor*, desse sujeito chamado Goddard?[5]

— Não — respondi, bastante surpreso pelo tom dele.

— É um livro muito bom, todo mundo devia ler. A ideia é que se a gente não tomar cuidado a raça branca vai ser... vai desaparecer completamente. Tudo coisa científica, foi comprovado.

— O Tom está ficando todo profundo — disse Daisy, com uma expressão de tristeza involuntária. — Ele lê livros profundos cheios de palavras compridas. Qual era a palavra que a gente...

— Bom, todos esses livros são científicos — insistiu Tom, olhando impaciente para ela. — Esse sujeito matou a charada. Se nós, que somos a raça dominante, não tomarmos cuidado, essas outras raças vão controlar tudo.

— A gente tem que acabar com eles — sussurrou Daisy, piscando com força contra o sol ardente.

---

[5] Fitzgerald faz uma referência dissimulada ao livro *The rising tide of color* [A maré crescente da cor], de Lothrop Stoddard (1883–1950). Eugenista e supremacista branco, o autor sugeria leis contrárias à imigração e à miscigenação, e influenciou conceitualmente o governo nazista alemão.

— Você devia morar na Califórnia... — a srta. Baker começou a dizer, mas Tom a interrompeu se ajeitando bruscamente na cadeira.

— A ideia desse livro é que nós somos nórdicos. Eu sou, e você é, e você é e... — Depois de uma hesitação ínfima, ele incluiu Daisy com um ligeiro aceno e ela piscou de novo para mim. — E fomos nós que produzimos tudo que é importante para a civilização. Ah, a ciência e a arte e tudo isso. Entende?

Havia algo patético na concentração dele, como se sua arrogância, mais aguda agora do que antes, já não lhe bastasse. Quando, quase de imediato, o telefone tocou lá dentro e o mordomo saiu da varanda, Daisy aproveitou a interrupção momentânea e se inclinou na minha direção.

— Vou te contar um segredo de família — ela sussurrou empolgada. — É sobre o nariz do mordomo. Quer ouvir sobre o nariz do mordomo?

— Foi para isso que eu vim.

— Bom, nem sempre ele trabalhou como mordomo. Trabalhava polindo prataria de algumas pessoas em Nova York, gente que tinha prataria para servir duzentas pessoas. Ele precisava polir desde a manhã até a noite, até que aquilo finalmente começou a afetar o nariz dele...

— A coisa só piorou — sugeriu a srta. Baker.

— Isso. A coisa só piorou até que ele teve que pedir demissão.

Por um momento, o último raio de sol caiu com afeto romântico sobre o rosto radiante de Daisy. Sua voz me atraía sem fôlego para a frente enquanto eu escutava — e então o brilho se dissipou, todas as luzes abandonando-a desconsoladas, como crianças indo embora de uma rua agradável ao anoitecer.

O mordomo voltou e murmurou algo perto do ouvido de Tom, que franziu a testa, afastou a cadeira e entrou sem dizer uma palavra. Como se a ausência dele despertasse algo dentro dela, Daisy voltou a se reclinar para frente, sua voz cintilando e cantando.

— Adoro ver você à minha mesa, Nick. Você me lembra uma... uma rosa, uma rosa, sem tirar nem pôr. Não é? — Ela se virou para a srta. Baker à espera de confirmação. — Não é uma rosa?

Não era verdade. Nem de longe eu pareço uma rosa. Ela só estava improvisando, mas uma agitação cálida fluía dela como se seu coração tentasse se revelar para o interlocutor, escondido numa daquelas palavras expressas sem fôlego, de um jeito provocante. Então subitamente ela jogou seu guardanapo sobre a mesa, pediu licença e entrou na casa.

A srta. Baker e eu trocamos um breve olhar conscientemente esvaziado de significado. Eu estava prestes a falar quando ela se ajeitou na cadeira em alerta e disse "shhh!" numa voz de advertência. Era possível ouvir um murmúrio exaltado e abafado na sala contígua, e a srta. Baker se inclinou despudoradamente, tentando ouvir. O murmúrio tremulou à beira da coerência, submergiu, cresceu em empolgação e depois desapareceu por completo.

— Esse sr. Gatsby de que você falou é meu vizinho... — eu disse.

— Não fale. Eu quero ouvir o que vai acontecer.

— Tem alguma coisa acontecendo? — perguntei, inocente.

— Quer dizer que você não sabe? — disse a srta. Baker, sinceramente surpresa. — Achei que todo mundo soubesse.

— Eu não sei.

— Bom... — ela disse com certa hesitação — o Tom tem uma mulher em Nova York.

— Tem uma mulher? — respondi inexpressivo.

A srta. Baker fez que sim com a cabeça.

— Ela podia ter a decência de não telefonar na hora do jantar. Você não acha?

Quase antes de eu compreender o sentido do que ela tinha dito, ouviu-se o farfalhar de um vestido e o barulho de botas de couro pisando no chão. Tom e Daisy estavam de volta à mesa.

— Não tinha como evitar! — disse Daisy com uma alegria tensa.

Ela sentou-se, olhou inquisidoramente para a srta. Baker e depois para mim e continuou:

— Olhei para fora por um minuto e a paisagem está muito romântica. Tem um pássaro no gramado, que acho que deve ser um rouxinol, que veio com algum navio da Cunard ou da White Star Line. Ele está cantando... — E ela cantou. — É romântico, não é, Tom?

— Bem romântico — disse ele, e depois se voltou para mim com um ar infeliz: — Se houver luz suficiente depois do jantar quero te levar até o estábulo.

O telefone tocou lá dentro, de súbito, e enquanto Daisy balançava a cabeça resoluta para Tom, o assunto do estábulo, e na verdade todos os assuntos, dissiparam-se no ar. Entre os fragmentos soltos dos últimos cinco minutos à mesa eu me lembro das velas sendo novamente acesas, sem motivo, e de eu ter consciência do meu desejo de encarar cada um deles e ao mesmo tempo de evitar todos os olhares. Não conseguia adivinhar o que Daisy e Tom estavam pensando, mas duvido que até mesmo a srta. Baker, que parecia ter desenvolvido um ceticismo resistente, fosse capaz de tirar de sua mente a urgência metálica e estridente desse quinto convidado. Para um determinado tipo de temperamento, a situação pode ter parecido intrigante — meu próprio instinto era telefonar na hora para a polícia.

Os cavalos, desnecessário dizer, não voltaram a ser mencionados. Tom e a srta. Baker, tendo alguns metros de crepúsculo entre si, voltaram caminhando para a biblioteca, como para velar um corpo perfeitamente tangível, ao mesmo tempo que eu, tentando parecer agradavelmente interessado e um tanto surdo, segui Daisy atravessando uma série de terraços que se conectavam com a varanda da frente. Numa escuridão profunda, sentamos lado a lado num canapé de vime.

Daisy colocou o rosto entre as mãos, como se estivesse sentindo o lindo formato dele, e seus olhos se moveram gradualmente para fora, rumo ao crepúsculo aveludado. Vi que emoções turbulentas a dominavam, então comecei a fazer perguntas sobre a sua filhinha, que achei que pudessem ter efeito sedativo.

— A gente não se conhece muito bem, Nick — ela disse de repente. — Mesmo sendo primos. Você não veio ao meu casamento.

— Eu não tinha voltado da guerra.

— Verdade. — Ela hesitou. — Bom, eu passei por uma fase muito difícil, Nick, e me tornei bem cética com relação a tudo.

Era evidente que ela tinha motivos para ser. Esperei, mas ela não disse mais nada, e depois de um momento voltei timidamente ao tema da filha.

— Imagino que ela fale e... coma, sabe, essas coisas.

— Ah, sim. — Ela me olhou distraída. — Escute, Nick, deixa eu te dizer o que falei quando ela nasceu. Quer ouvir?

— Muito.

— Isso vai fazer você entender como passei a ver... as coisas. Bom, ela tinha nascido fazia menos de uma hora e sabe lá Deus onde o Tom estava. Acordei da sedação com uma sensação de completo abandono, e na hora perguntei para a enfermeira se era menino ou menina. Ela disse que era uma menina, e então eu virei o rosto e chorei. "Tudo bem", eu disse, "Fico feliz que seja uma menina. E espero que seja uma tola... É a melhor coisa que pode acontecer para uma menina neste mundo, ser bonita e tola". Está vendo? Eu acho tudo horrível de qualquer jeito — ela continuou, convicta. — Todo mundo pensa assim, as pessoas mais avançadas. E eu *sei*. Estive em toda parte e vi de tudo e fiz de tudo. — Os olhos dela cintilaram ao observar o entorno desafiadoramente, como tinham feito os de Tom, e ela riu com um desdém arrebatador. — Sofisticada... Meu Deus, eu sou sofisticada!

No instante em que a voz dela cessou, libertando minha atenção, minha confiança, notei a falta de sinceridade óbvia do que ela dissera. Aquilo me causou desconforto, como se toda a tarde tivesse sido uma espécie de armadilha para extrair de mim uma contribuição emotiva. Esperei, e como era de se imaginar, após um momento ela me olhou com um sorriso afetado em seu lindo rosto, como se confirmasse sua carteirinha de uma sociedade secreta bastante distinta, à qual ela e Tom pertenciam.

* * *

Lá dentro, a sala carmesim resplandecia com a iluminação. Tom e a srta. Baker estavam sentados cada um numa ponta do longo sofá e ela lia em voz alta para ele algo do *Saturday Evening Post* — as palavras, murmuradas numa entonação uniforme, fluindo juntas numa melodia calmante. A luz da lâmpada, cintilante nas botas dele e baça nos cabelos amarelos cor de outono dela, refletiu no papel quando ela virou a página com um tremular dos magros músculos de seus braços.

Quando entramos, ela ergueu a mão e nos manteve em silêncio por um momento.

— Continua — ela disse, jogando a revista sobre a mesa — na próxima edição.

Com um movimento inquieto do joelho, todo o corpo dela se impôs e ela se levantou.

— Dez em ponto — observou, aparentemente vendo as horas no teto. — Hora desta menina comportada ir para a cama.

— Jordan vai jogar no torneio amanhã — explicou Daisy — em Westchester.

— Ah, você é *Jordan* Baker.

Só aí eu soube por que o rosto dela era familiar — aquela expressão agradavelmente desdenhosa tinha me encarado em muitas rotogravuras da vida esportiva em Asheville e Hot Springs e Palm Beach. Eu também tinha ouvido histórias sobre ela, histórias importantes e desagradáveis, mas há muito tempo eu já esquecera do que se tratava.

— Boa noite — ela disse suavemente. — Me acordem às oito, por favor.

— Se você levantar.

— Eu vou. Boa noite, sr. Carraway. Nos vemos em breve.

— Claro que sim — confirmou Daisy. — Para falar a verdade, acho que vou arranjar um casamento. Venha mais vezes, Nick, e eu meio que vou, hã, juntar vocês. Você sabe, trancar os dois por acidente num closet e empurrar os dois num barco para o meio do mar, esse tipo de coisa...

— Boa noite — disse a srta. Baker da escada. — Eu não escutei nada disso.

— Ela é uma boa menina — disse Tom depois de um momento. — Não deviam deixar ela ficar correndo o país desse jeito.

— Quem não devia? — perguntou Daisy com frieza.

— A família dela.

— A família dela é uma tia de uns mil anos de idade. Além disso, o Nick vai cuidar dela, não vai, Nick? Ela vai passar muitos fins de semana aqui este verão. Acho que a influência do lar vai ser bem boa para ela.

Daisy e Tom se olharam por um momento em silêncio.

— Ela é de Nova York? — perguntei rapidamente.

— De Louisville. Passamos juntas lá a nossa cândida infância. Nossa bela e cândida...

— Você abriu seu coração para o Nick no terraço? — Tom perguntou de repente.

— Será? — Ela olhou para mim. — Não lembro direito, mas acho que conversamos sobre a raça nórdica. Isso, tenho certeza de que foi isso. O assunto foi meio que se insinuando e quando a gente se deu conta...

— Não acredite em tudo que você escuta, Nick — ele me aconselhou.

Eu disse com indiferença que não tinha ouvido absolutamente nada, e poucos minutos depois levantei para voltar para casa. Eles foram até a porta comigo e ficaram um ao lado do outro num alegre quadrilátero de luz. Quando liguei o motor, Daisy chamou de um jeito categórico:

— Espere! Esqueci de perguntar uma coisa, e é importante. A gente ouviu que você está noivo de uma moça no Oeste.

— É verdade — confirmou Tom gentilmente. — A gente ouviu que você estava noivo.

— É calúnia. Eu sou pobre demais.

— Mas a gente ouviu — insistiu Daisy, surpreendendo-me ao se abrir de novo como uma flor. — A gente ouviu de três pessoas diferentes, então deve ser verdade.

Claro que eu sabia do que eles estavam falando, mas nem de longe eu estava noivo. O fato de a fofoca ter virado anúncio público de casamento foi um dos motivos de eu ter vindo para o Leste. Eu não podia parar de me encontrar com uma velha amiga por conta de boatos, mas, por outro lado, também não tinha intenção de me casar com ela por conta de boatos.

O interesse deles me comoveu e os tornou para mim menos remotamente ricos — mas fiquei confuso e um pouco aborrecido enquanto dirigia. Para mim, Daisy deveria sair correndo da casa, com a filha nos braços — mas aparentemente essa intenção não passava pela cabeça dela. Quanto a Tom, o fato de que ele "tinha uma mulher em Nova York" na verdade era menos surpreendente do que ele ter ficado deprimido por causa de um livro. Alguma coisa nas ideias obsoletas o atraía, como se o vigoroso egoísmo físico já não alimentasse seu coração arrogante.

Já era alto verão nos telhados dos bares de beira de estrada e na frente das oficinas ao longo do trajeto, onde novas bombas de gasolina ficavam em meio a poças de luz, e quando cheguei a minha casa em West Egg, pus o carro debaixo da cobertura e fiquei sentado por um tempo num rolo compactador de grama, abandonado no jardim. O vento soprara e deixara uma noite brilhante, com asas batendo nas árvores e um som persistente de órgão enquanto os foles da terra inflavam os sapos de vida. A silhueta de um gato em movimento ondulava à luz da lua e, ao virar a cabeça para observá-lo, descobri que não estava sozinho. A uns vinte metros, uma figura surgira das sombras da mansão de meu vizinho e estava parada de pé, com as mãos nos bolsos, observando o salpicar prateado das estrelas. Algo em seus movimentos vagarosos, assim como a posição confiante de seus pés, sugeria tratar-se do próprio sr. Gatsby, tentando determinar que porção do céu local lhe cabia.

Decidi falar com ele. A srta. Baker havia feito menção a ele no jantar, e isso bastaria para uma apresentação. Mas acabei não falando nada, pois um súbito gesto sugeriu que ele estava contente por estar sozinho — ele esticou os braços em direção às águas escuras de um modo curioso e, por mais que estivesse longe, eu podia jurar que ele tremia. Involuntariamente olhei para o mar — e não vi nada exceto uma única luz verde, minúscula e distante, que podia ser a extremidade de um cais. Quando olhei mais uma vez para Gatsby, ele tinha desaparecido, e eu estava mais uma vez sozinho na inquieta escuridão.

Capítulo 2

Mais ou menos a meio caminho entre West Egg e Nova York, uma rodovia se junta a uma estrada de ferro e as duas correm lado a lado por cerca de quatrocentos metros, para se afastar de uma certa área desolada. É um vale de cinzas — uma fazenda fantástica onde as cinzas crescem como trigo em cumes e colinas e jardins grotescos, onde as cinzas assumem a forma de casas e chaminés e de colunas de fumaça que sobem pelo ar e, por fim, num esforço transcendental, a forma de homens que se movem de forma indistinta, desfazendo-se em meio ao ar tomado pelo pó. Ocasionalmente uma fila de vagões cinzentos se arrasta ao longo de um trilho invisível, emite um rangido medonho e então para, e imediatamente os homens cinza se aglomeram com suas pás de chumbo e criam uma nuvem impenetrável que protege suas operações obscuras de nossa visão.

Porém, acima da terra cinzenta e dos espasmos de poeira sem vida que vagam sem-fim sobre ela, percebe-se, após um momento, os olhos do dr. T. J. Eckleburg. Os olhos do dr. T. J. Eckleburg são azuis e gigantescos — suas retinas têm um metro de altura. Elas olham não a partir de um rosto, mas de um par de óculos amarelos enormes que passam sobre um nariz inexistente. Claramente algum oculista gaiato os colocou ali para engordar os ganhos de seu consultório no Queens, e depois mergulhou em eterna cegueira ou se esqueceu deles e foi embora. Mas os olhos do doutor, ligeiramente esmaecidos pelos muitos dias sem pintura, sob sol e chuva, meditam sobre aquele solene depósito.

O vale das cinzas é delimitado de um lado por um riacho imundo e, quando a ponte levadiça está erguida para que as balsas passem, os passageiros nos trens que ficam à espera podem encarar a triste cena por até meia hora. Os trens sempre param ali por pelo menos um minuto, e foi por isso que me encontrei pela primeira vez com a amante de Tom Buchanan.

O fato de ele ter uma amante era comentado com insistência onde quer que se soubesse quem ele era. Os conhecidos reprovavam o fato de ele aparecer em restaurantes populares com ela e, deixando-a na mesa, perambular pelo lugar, conversando com todo mundo. Embora eu estivesse curioso para vê-la, não tinha desejo de me encontrar com ela — mas foi o que aconteceu. Uma tarde fui de trem a Nova York com Tom e, quando paramos perto dos montes de cinzas, ele se levantou e, pegando-me pelo cotovelo, literalmente me forçou a sair do vagão.

— Nós vamos descer! — insistiu. — Quero que você conheça a minha garota.

Acho que ele tinha bebido bastante no almoço, e sua determinação em contar com minha companhia beirou a violência. Presumia, de forma arrogante, que eu não teria nada melhor a fazer numa tarde de domingo.

Eu o segui, passando por cima de uma cerca baixa caiada em torno da ferrovia, e voltamos a pé por uns cem metros seguindo os trilhos, sob o olhar persistente do dr. Eckleburg.

A única construção à vista era um pequeno bloco de tijolos amarelos que ficava à beira de um terreno baldio, servido por uma espécie de Rua Principal compacta e que dava em absolutamente nada. Uma das três lojas do local estava para alugar e outra era um restaurante 24 horas ao qual se chegava seguindo um rastro de cinzas; a terceira era uma oficina: CONSERTOS. GEORGE B. WILSON. COMPRO E VENDO CARROS. Entrei ali atrás de Tom.

O interior da oficina, de paredes nuas, revelava falta de prosperidade; o único carro visível era um Ford destroçado e coberto de pó, jogado num canto escuro. Passou pela minha cabeça que esse vestígio de oficina devia ser só fachada e que os andares de cima talvez ocultassem apartamentos suntuosos e românticos — então o proprietário apareceu na porta de um escritório, limpando as mãos num trapo. Era um sujeito loiro, abatido, anêmico e vagamente bonito. Quando nos viu, um brilho úmido de esperança se espraiou por seus olhos azul-claros.

— Olá, Wilson, meu velho — disse Tom, dando um tapinha jovial no ombro dele. — Como vão os negócios?

— Não tenho do que me queixar — Wilson respondeu de um jeito pouco convincente. — Quando vai me vender aquele carro?

— Semana que vem. Meu mecânico está trabalhando nele agora.

— É bem lento pra trabalhar esse mecânico, né não?

— Não, não é — disse Tom friamente. — E se você pensa assim, talvez seja melhor vender o carro em outro lugar.

— Não foi isso que eu quis dizer — Wilson explicou rápido. — Só quis dizer que...

A voz dele sumiu e Tom olhou impaciente para a oficina à sua volta. Então ouvi passos na escada e num instante a figura robusta de uma mulher bloqueou a passagem de luz na porta do escritório. Ela tinha trinta e poucos anos, e estava levemente acima do peso, mas movia seu excesso de carnes com a sensualidade característica de algumas mulheres. O rosto, que surgia de um vestido azul-escuro de bolinhas feito de crepe da China, não continha nenhum sinal ou vislumbre de beleza, mas havia nela uma vitalidade imediatamente perceptível, como se os nervos de seu corpo estivessem o tempo todo em chamas. Ela sorriu com lentidão e, passando pelo marido como se ele fosse um fantasma, apertou a mão de Tom, encarando-o. Depois umedeceu os lábios e sem se virar falou com o marido numa voz suave, rouca:

— Arranje umas cadeiras, vai, para as pessoas poderem se sentar.

— Ah, claro — Wilson concordou na hora, indo para o pequeno escritório, onde se mesclou imediatamente com a cor do cimento das paredes.

Um pó branco acinzentado recobria o terno escuro e os cabelos claros dele, assim como recobria tudo na vizinhança — exceto a esposa dele, que se aproximou de Tom.

— Quero te ver — disse Tom, determinado. — Pegue o próximo trem.

— Está bem.

— Te encontro na banquinha de jornais no piso inferior.

Ela fez que sim com a cabeça e se afastou dele justo quando George Wilson surgia na porta do escritório com duas cadeiras.

Esperamos por ela um pouco mais adiante na estrada e fora do campo de visão. Faltavam poucos dias para o Quatro de Julho[6], e um menino italiano cinza e magricelo alinhava rojões ao lado do trilho do trem.

— Lugar horroroso, não é? — disse Tom, olhando para o dr. Eckleburg, ambos franzindo a testa um para o outro.

— Terrível.

— Faz bem pra ela sair daqui.

— O marido não reclama?

— Wilson? Ele acha que ela vai ver a irmã em Nova York. Ele é tão burro que não sabe que está vivo.

Assim Tom Buchanan e sua garota e eu fomos juntos para Nova York — ou não exatamente juntos, já que a sra. Wilson se sentou de modo discreto em outro vagão. Tom fazia essa concessão às suscetibilidades dos moradores de East Egg que pudessem estar no trem.

Ela tinha trocado de roupa e agora usava um vestido de musselina marrom estampada, que esticava em seus amplos quadris enquanto Tom a ajudava a descer na plataforma em Nova York. Na banquinha de jornais ela comprou

---

6 Dia da Independência dos Estados Unidos, um dos feriados mais celebrados do país. Tradicionalmente, são feitos muitos desfiles e shows de fogos de artifício.

um exemplar da *Town Tattle*[7] e uma revista sobre cinema e, na farmácia da estação, um creme para a pele e um frasco pequeno de perfume. Lá em cima, na solene e reverberante avenida, ela deixou quatro táxis passarem antes de escolher o seu, um carro cor de lavanda com estofado cinza, e com ele escapamos da massa de pessoas na estação e nos pusemos sob o brilho dos raios do sol. Mas logo ela afastou o rosto da janela bruscamente e, inclinando o corpo para a frente, bateu no vidro atrás do motorista.

— Quero um daqueles cachorrinhos — ela disse com firmeza. — Quero pegar um para o apartamento. É bom ter um cachorro.

Demos a ré até um velho cinzento que se parecia absurdamente com John D. Rockefeller. Numa cesta pendurada no pescoço dele, encolhia-se uma dúzia de vira-latas recém-nascidos.

— De que tipo eles são? — perguntou impaciente a sra. Wilson assim que o velho se aproximou da janela do táxi.

— Tem de todo tipo. O que a senhora queria?

— Eu queria um daqueles cães policiais, imagino que o senhor não tenha desses.

O homem espiou a cesta sem muita certeza, mergulhou a mão e tirou pela nuca um filhote que tremia.

— Isso não é cachorro policial — disse Tom.

— Não, não é exatamente um cão policial — disse o sujeito, com decepção na voz.

---

7 Uma revista de fofocas da época.

— Está mais para um airedale terrier. — Ele passou a mão pelo dorso marrom, que lembrava um pano de chão. — Olha essa pelagem. Bela pelagem. É um cachorro que nunca vai incomodar pegando resfriado.

— Eu acho bonitinho — disse a sra. Wilson, empolgada. — Quanto é?

— Esse cachorro? — Ele olhou para o cão, admirando-o. — Esse cachorro vai custar dez dólares para a senhora.

O terrier — sem dúvida havia algo de airedale nele, embora as patas fossem surpreendentemente brancas — mudou de mãos e sossegou no colo da sra. Wilson, que ficou acariciando extasiada aquela pelagem impermeável.

— É macho ou fêmea? — ela perguntou delicadamente.

— Esse cachorro? Esse cachorro é macho.

— É uma cadela — Tom disse com veemência. — Toma aqui teu dinheiro. Vai comprar mais dez cachorros com ele.

Fomos até a Quinta Avenida, tão quente e agradável, quase pastoral naquela tarde de domingo de verão, que eu não teria me surpreendido se visse um grande rebanho de ovelhas brancas virando a esquina.

— Pare o carro — eu disse —, preciso me despedir de vocês aqui.

— Não, não precisa — Tom interveio rápido. — A Myrtle vai ficar magoada se você não for até o apartamento. Não vai, Myrtle?

— Vamos lá — ela insistiu. — Vou ligar para minha irmã Catherine. Quem entende do assunto diz que ela é muito bonita.

— Bom, eu gostaria, mas...

Seguimos, atravessando novamente o Central Park rumo ao oeste. Na rua 158, o táxi parou numa das fatias de um longo bolo branco de blocos de apartamentos. Lançando à vizinhança um olhar majestoso de quem volta para casa, a sra. Wilson pegou seu cachorro e as outras compras e entrou com altivez.

— Vou falar para os McKees virem para cá — ela anunciou enquanto o elevador subia. — E, claro, vou ligar pra minha irmã também.

O apartamento ficava no último andar — uma sala de estar pequena, uma sala de jantar pequena, um quarto pequeno e um banheiro. A sala de estar fora abarrotada, até as portas, de móveis de tapeçaria grandes demais para o local, de modo que andar pelo apartamento equivalia a tropeçar o tempo todo em cenas de mulheres passeando pelos jardins de Versalhes. O único retrato era uma fotografia superampliada, aparentemente de uma galinha sentada sobre uma rocha desfocada. Olhando de longe, porém, a galinha se transformava em uma boina e o semblante de uma senhora idosa e roliça se irradiava pela sala. Várias edições antigas da *Town Tattle* estavam sobre a mesa com um exemplar de *Simão chamado Pedro*[8] e de algumas revistas de fofoca sobre a Broadway. A primeira preocupação da sra. Wilson foi com o cachorro. O menino que trabalhava como ascensorista foi com relutância atrás de uma caixa cheia de palha e de um pouco de leite, acrescentando por

---

8 *Simon Called Peter*, romance best-seller de Robert Keable publicado em 1921.

conta própria uma lata com biscoitos grandes e duros para cães — um dos quais se decompôs apático na tigela de leite durante a tarde toda. Enquanto isso, Tom nos trouxe uma garrafa de uísque que estava guardada à chave numa escrivaninha.

Só fiquei bêbado duas vezes na vida, e a segunda vez foi naquela tarde, por isso tudo o que aconteceu está recoberto por uma camada de névoa, embora mesmo depois das oito da noite o apartamento ainda estivesse tomado pela alegre luz do sol. Sentada no colo de Tom, a sra. Wilson telefonou para várias pessoas. Como não havia cigarros na casa, saí para comprar na farmácia da esquina. Quando voltei o casal tinha desaparecido, e por isso eu me sentei discretamente na sala de estar e li um capítulo de *Simão chamado Pedro* — ou o livro era horrível ou o uísque distorceu as coisas, porque aquilo não fez o menor sentido para mim.

Assim que Tom e Myrtle — depois da primeira dose a sra. Wilson e eu passamos a nos chamar pelo primeiro nome — reapareceram, as visitas começaram a surgir na porta do apartamento.

A irmã, Catherine, era uma moça magra e cosmopolita de uns trinta anos, com os curtos cabelos ruivos em um penteado duro e pegajoso e a pele recoberta por uma camada de pó de arroz que a deixava branca como leite. Ela tirara as sobrancelhas e depois as desenhara de novo num ângulo mais ousado, mas os esforços da natureza rumo à restauração do velho alinhamento davam ao rosto um ar borrado. Quando ela se mexia, havia um incessante estalar de uma infinidade de pulseiras de cerâmica que subiam e desciam pelos braços.

Entrou com uma pressa típica de quem era dona da casa e olhou para a mobília com um ar tão possessivo que me questionei se ela morava ali. Mas quando perguntei ela soltou uma risada exagerada, repetiu a pergunta em voz alta e me disse que morava com uma amiga num hotel.

O sr. McKee era um sujeito pálido e feminino do apartamento de baixo. Tinha acabado de se barbear, pois havia um pouquinho de espuma na sua bochecha, e ele cumprimentou todos na sala de maneira muito respeitosa. Ele me informou que era do "ramo artístico" e mais tarde eu soube que ele era fotógrafo e que tinha feito a obscura ampliação da mãe da sra. Wilson que pairava como um ectoplasma na parede. A esposa dele era estridente, lânguida, esbelta e horrível. Ela me contou cheia de orgulho que o marido a fotografara 127 vezes desde o casamento.

A sra. Wilson tinha trocado de roupa em algum momento e agora estava com um rebuscado vestido vespertino de chiffon na cor creme, que farfalhava o tempo todo enquanto ela perambulava pela sala. Com a influência do vestido, a personalidade dela também passou por uma transformação. A intensa vitalidade, tão notável na oficina, converteu-se em impressionante altivez. Seu riso, os gestos e as frases ficaram violentamente mais afetados a cada minuto e, à medida que a sra. Wilson se expandia, a sala ficava menor à sua volta, até a mulher parecer girar em torno de um eixo ruidoso, rangente, em meio ao ar enfumaçado.

— Querida — disse à irmã num falsete afetado —, a maioria desse pessoal vai enganar você sempre que puder.

Eles só pensam em dinheiro. Chamei uma mulher aqui para fazer meus pés semana passada e quando ela me entregou a conta qualquer um diria que ela tinha operado meu apêndice.

— Qual era o nome dela? — perguntou a sra. McKee.

— Sra. Eberhardt. Ela faz os pés das pessoas em casa.

— Gostei do seu vestido — observou a sra. McKee. — Achei adorável.

A sra. Wilson rejeitou o elogio levantando as sobrancelhas desdenhosamente.

— É só uma coisinha velha à toa. Eu uso às vezes quando não estou preocupada com a aparência.

— Mas fica lindo em você, se é que me entende — continuou a sra. McKee. — Se Chester captasse você nessa pose, acho que conseguiria fazer algo interessante.

Todos olhamos em silêncio para a sra. Wilson, que tirou uma mecha de cabelos da frente dos olhos e nos encarou com um sorriso brilhante. Com a cabeça inclinada, o sr. McKee a observou atentamente e depois moveu a mão para frente e para trás diante do rosto.

— Eu teria que mudar a luz — ele disse após um momento. — Seria bom mostrar a modelagem dos traços. E tentaria mostrar toda a parte de trás dos cabelos.

— Eu nem pensaria em mudar a luz — disse a sra. McKee. — Acho que está...

O marido dela disse "shhh!" e todos nós olhamos mais uma vez para a modelo, enquanto Tom Buchanan bocejava audivelmente e se levantava.

— Peguem alguma coisa para beber, McKees — disse ele. — Pegue mais gelo e água mineral, Myrtle, antes que todo mundo durma.

— Eu falei para aquele menino sobre o gelo. — Myrtle levantou as sobrancelhas, desesperada com a inépcia das classes inferiores. — Essa gente! Temos que ficar em cima o tempo todo.

Ela olhou para mim e deu uma risada sem sentido. Depois se atirou sobre o cachorrinho, beijou-o extasiada e correu para a cozinha, dando a impressão de que havia lá uma dezena de chefs à espera de suas ordens.

— Eu fiz alguns trabalhos interessantes em Long Island — afirmou o sr. McKee.

Tom olhou para ele com o rosto inexpressivo.

— Dois deles estão emoldurados em casa.

— Dois o quê? — perguntou Tom.

— Dois estudos. Um eu chamo de *Montauk: as gaivotas* e o outro de *Montauk: o mar*.

A irmã Catherine se sentou ao meu lado no sofá.

— Você também mora em Long Island? — ela perguntou.

— Moro em West Egg.

— Sério? Estive lá faz um mês, mais ou menos, numa festa. Foi na casa de um sujeito chamado Gatsby. Você conhece?

— Moro na casa ao lado da dele.

— Bom, dizem que ele é sobrinho ou primo do kaiser Guilherme[9]. É daí que vem todo o dinheiro dele.

---

9 Guilherme II da Alemanha (1859 – 1941) foi um imperador alemão e rei da Prússia de 1888 até o fim da Primeira Guerra Mundial, em 1918.

— Sério?

Ela fez que sim com a cabeça.

— Tenho medo dele. Odiaria que ele soubesse de algum podre meu.

A sra. McKee interrompeu essas informações fascinantes sobre meu vizinho apontando de repente para Catherine:

— Chester, acho que você podia fazer alguma coisa com *ela* — disse a esposa do fotógrafo, mas o sr. McKee simplesmente acenou entediado e voltou sua atenção para Tom.

— Eu gostaria de trabalhar mais em Long Island, se tivesse contatos. Só peço que eles me deem uma chance.

— Peça para a Myrtle — disse Tom, caindo numa breve gargalhada enquanto a sra. Wilson entrava com uma bandeja. — Ela vai te dar uma carta de recomendação, não vai, Myrtle?

— Vou o quê? — ela perguntou, assustada.

— Você vai entregar uma carta de recomendação sobre o seu marido ao sr. McKee, para que ele faça alguns estudos fotográficos. — Por um momento, seus lábios se moveram em silêncio enquanto ele inventava. — *George B. Wilson na bomba de gasolina* ou algo do gênero.

Catherine se inclinou para mais perto de mim e sussurrou no meu ouvido:

— Nenhum deles suporta a pessoa com quem se casou.

— É mesmo?

— Não *suportam*. — Ela olhou para Myrtle e depois para Tom. — O que eu queria saber é por que continuar vivendo com a pessoa se você não a suporta? Se eu fosse eles, pedia o divórcio e casava imediatamente um com o outro.

— Ela também não gosta do Wilson?

A resposta foi inusitada. Veio de Myrtle, que ouviu a pergunta e foi violenta e obscena.

— Está vendo? — disse Catherine em voz alta, triunfante. Então voltou a falar em voz baixa. — Na verdade é a esposa dele que mantém os dois afastados. Ela é católica, e eles não acreditam em divórcio.

Daisy não era católica, e fiquei um pouco chocado com o requinte da mentira.

— Quando eles se casarem — continuou Catherine — vão morar por um tempo no Oeste até a poeira baixar.

— Seria mais discreto ir para a Europa.

— Ah, você gosta da Europa? — ela exclamou, surpresa. — Acabo de voltar de Monte Carlo.

— Sério?

— Ano passado. Fui lá com outra moça.

— Ficou muito tempo?

— Não, só estivemos em Monte Carlo e voltamos. Fomos por Marselha. Começamos com mais de mil e duzentos dólares, mas em dois dias perdemos tudo no jogo. A volta foi horrível. Meu Deus, como odiei aquela cidade!

O sol de fim de tarde resplandeceu na janela por um momento, como o mel azulado do Mediterrâneo — e então a voz estridente da sra. McKee me chamou de volta para a sala.

— Eu também quase cometi um equívoco — ela declarou com vigor. — Quase me casei com um judeuzinho que me perseguiu por anos. Eu sabia que ele não estava à minha altura. Todo mundo me dizia: "Lucille, esse sujeito não está à sua altura!". Mas se eu não tivesse conhecido o Chester eu teria casado com ele, com certeza.

— Sim, mas ouça — disse Myrtle Wilson, balançando a cabeça para cima e para baixo —, pelo menos você não se casou com ele.

— Eu sei que não.

— Bom, eu me casei — disse Myrtle, de forma ambígua. — E essa é a diferença entre o seu caso e o meu.

— Por que você se casou, Myrtle? — perguntou Catherine. — Ninguém te obrigou.

Myrtle pensou.

— Eu me casei porque pensei que ele fosse um cavalheiro — ela disse, por fim. — Achei que fosse educado, mas ele não presta nem para lamber meu sapato.

— Você foi louca por ele por um tempo — falou Catherine.

— Louca por ele! — Myrtle gritou incrédula. — Quem disse que eu fui louca por ele? Fui tão louca por ele quanto por aquele homem ali.

Ela apontou de repente para mim, e todos me olharam de modo acusatório. Tentei demonstrar com a minha expressão que eu não tinha desempenhado nenhum papel no passado dela.

— *Louca* eu fui de me casar com ele. De cara eu soube que tinha sido um erro. O terno do casamento era emprestado e ele nunca nem me contou, o sujeito veio pedir de volta um dia quando ele não estava. — Ela olhou em volta para ver quem estava escutando. — "Ah, esse terno é seu?", eu disse. "Nunca soube disso." Mas entreguei o terno para ele e depois deitei e fiquei aos prantos o resto da tarde.

— Ela realmente devia se afastar dele — Catherine voltou a falar para mim. — Eles estão morando em cima daquela oficina faz onze anos. E o Tom é o primeiro romance que ela já teve.

A garrafa de uísque — a segunda — era constantemente exigida por todos os presentes, à exceção de Catherine, que "se sentia bem sem precisar tomar nada". Tom chamou o zelador e mandou buscar uns sanduíches famosos que valiam por uma refeição. Eu queria sair e caminhar para leste, rumo ao parque, em meio ao crepúsculo, mas toda vez que tentava ir embora ficava preso em algum debate estridente que me fazia voltar, como se estivesse amarrado na cadeira. Acima da cidade, contudo, nossa fileira de janelas amarelas deve ter dado sua parcela de contribuição de segredos humanos ao observador casual passando pelas ruas que escureciam, e eu também era esse observador, olhando para cima e imaginando. Eu estava dentro e fora, ao mesmo tempo encantado e repelido pela inesgotável variedade da vida.

Myrtle puxou sua cadeira mais para perto da minha, e de repente seu hálito quente derramou sobre mim a história de seu primeiro encontro com Tom.

— Foi no trem, naqueles dois bancos pequenos, que ficam um de frente para o outro e são sempre os últimos que restam. Eu estava indo para Nova York para ver minha irmã e passar a noite. Tom estava de terno e sapatos de couro e eu não conseguia tirar os olhos dele, mas toda vez que ele se virava para mim eu precisava fingir que estava olhando para o anúncio em cima da cabeça dele. Quando a gente chegou na estação, a parte da frente da camisa branca dele encostou no meu braço e eu disse que ia ter que chamar um policial, mas ele sabia que eu estava mentindo. Eu estava tão animada que quando entrei num táxi com ele mal me dei conta de que não estava entrando no metrô. A única coisa que eu ficava pensando o tempo todo era "Você não vai viver para sempre, você não vai viver para sempre".

Ela se virou para a sra. McKee e a sala foi tomada por seu riso artificial.

— Querida — disse ela —, eu vou te dar esse vestido assim que tiver terminado de usar. Tenho que comprar outro amanhã. Vou fazer uma lista das coisas de que preciso. Uma massagem e um permanente e uma coleira para o cachorro e um daqueles cinzeiros bonitinhos com uma mola que faz a parte de cima abaixar, uma coroa de flores com um laço de fita preta para o túmulo da minha mãe, que dure o verão inteiro. Tenho que anotar, senão esqueço tudo que preciso fazer.

Eram nove horas — quase imediatamente depois olhei meu relógio e vi que eram dez. O sr. McKee estava dormindo numa cadeira com as mãos cerradas sobre o colo, como numa fotografia de um homem de ação. Peguei meu lenço e limpei da bochecha dele o que restava da espuma que me incomodou a tarde toda e que agora estava seca.

O cachorrinho estava sentado na mesa olhando através da fumaça com seus olhos sem foco e de tempos em tempos soltando um leve gemido. As pessoas desapareciam, reapareciam, faziam planos de ir a algum lugar e depois se perdiam umas das outras, procuravam umas às outras, encontravam umas às outras a um metro de distância. Em algum momento perto da meia-noite, Tom Buchanan e a sra. Wilson discutiram acaloradamente, de frente um para o outro, com vozes exaltadas, se a sra. Wilson tinha ou não o direito de mencionar o nome de Daisy.

— Daisy! Daisy! Daisy! — gritou a sra. Wilson. — Digo quando quiser! Daisy! Dai...

Em um movimento breve e hábil Tom Buchanan quebrou o nariz dela com uma bofetada.

Então surgiram toalhas ensanguentadas no piso do banheiro e vozes de mulheres em tom de censura, e por cima da confusão um gemido de dor longo e entrecortado. O sr. McKee acordou de sua soneca e andou atordoado em direção à porta. Ao chegar à metade do caminho ele se virou e viu a cena — sua esposa e Catherine reclamando e consolando ao mesmo tempo que esbarravam aqui e ali na mobília atulhada ao levar os artigos de primeiros-socorros, e a figura desesperada sobre o sofá sangrando sem parar e tentando espalhar um exemplar de *Town Tattle* por cima das cenas de Versalhes na tapeçaria. Então o sr. McKee deu meia-volta e continuou na direção da porta. Peguei meu chapéu, que estava pendurado no lustre, e saí atrás dele.

— Venha almoçar um dia — ele sugeriu, enquanto gemíamos elevador abaixo.

— Onde?

— Qualquer lugar.

— O senhor não pode encostar na alavanca — reclamou o ascensorista.

—Perdão — disse o sr. McKee com dignidade —, não percebi que estava encostando.

— Muito bem — concordei —, aceito o convite com prazer.

...Eu estava de pé ao lado da cama dele e ele estava sentado entre os lençóis, em roupas de baixo, com um grande portfólio nas mãos.

— *A Bela e a Fera... Solidão... Carrinho de leiteiro... A ponte do Brooklyn...*

Então eu estava deitado semiadormecido no gélido piso inferior da Estação Pensilvânia, olhando para o *Tribune* matutino e esperando o trem das quatro.

Capítulo 3

Durante todas as noites de verão, havia música vindo da casa do meu vizinho. Em seus jardins azulados, homens e moças iam e vinham como mariposas em meio aos sussurros e ao champanhe e às estrelas. Na maré alta da tarde, eu via seus convidados pulando do topo de uma torre para mergulhar no mar ou tomando sol na areia quente de sua praia, enquanto seus dois barcos a motor fendiam as águas do estuário, aquaplanando sobre cataratas de espuma. Aos fins de semana, seu Rolls-Royce se transformava num ônibus, transportando grupos da casa para a cidade e vice-versa, desde as nove da manhã e até bem depois da meia-noite, ao mesmo tempo em que sua perua corria como um rápido besouro amarelo para encontrar todos os trens. E, às segundas-feiras, oito criados, incluindo um jardineiro extra, trabalhavam duro o dia inteiro com esfregões e escovas e martelos e tesouras de jardim, consertando a devastação da noite anterior.

Toda sexta, cinco caixas de laranjas e limões chegavam de uma frutaria em Nova York — toda segunda essas mesmas laranjas e limões saíam pela porta dos fundos numa pirâmide de metades sem polpa. Na cozinha, uma máquina era capaz de extrair o suco de duzentas laranjas em meia hora, caso um pequeno botão fosse pressionado duzentas vezes pelo polegar de um mordomo.

Pelo menos uma vez a cada quinze dias, a equipe de um bufê aparecia com dezenas de metros quadrados de lona e com luzes coloridas suficientes para transformar o enorme jardim de Gatsby numa árvore de Natal. Nas mesas do bufê, enfeitadas com deslumbrantes aperitivos, presuntos cozidos e condimentados disputavam espaço com saladas em padrões de arlequim e com enroladinhos de salsicha e com perus que, como por encanto, adquiriam um tom de ouro velho. No saguão principal montava-se um bar com direito a estrutura metálica, abastecido com gins e bebidas e com licores esquecidos havia tanto tempo que a maior parte das convidadas era jovem demais para saber distingui-los.

Lá pelas sete, a orquestra já chegou — nada de uma mera bandinha de cinco músicos, mas um fosso completo de oboés e trombones e saxofones e violas e trompetes e pícolos e percussões de vários tipos. Os últimos nadadores voltaram da praia a essa altura e estão no andar de cima se vestindo; os carros de Nova York estão estacionados um atrás do outro, aos montes, e os vestíbulos e salões e varandas estão espalhafatosos com cores primárias e cabelos tosquiados de formas novas e estranhas e xales com que o reino de Castela[10] jamais sonhou. O bar está a todo vapor e rodadas flutuantes de coquetéis permeiam o jardim lá fora até que o ar ganhe vida com a conversa e o riso e as indiretas e as apresentações esquecidas imediatamente e encontros entusiasmados entre mulheres que nunca souberam o nome umas da outras.

---

10 Região no norte da Espanha. Os xales espanhóis são tradicionais e conhecidos por sua beleza.

As luzes ficam mais brilhantes à medida que a terra cambaleia para longe do sol, e agora a orquestra toca músicas de coquetéis e a ópera de vozes fica um tom mais aguda. O riso fica mais fácil a cada minuto, sendo derramado com prodigalidade, saindo dos lábios ao se ouvir qualquer palavra divertida. Os grupos se modificam com mais rapidez, incham-se com recém-chegados, dissolvem-se e formam-se no mesmo fôlego — já há gente vagando, garotas confiantes que costuram aqui e ali entre os grupos mais robustos e estáveis, tornam-se por um breve e feliz momento o centro das atenções e depois, empolgadas com seu triunfo, deslizam em meio à transformação de rostos e vozes e cores sob a luz em constante mutação.

Subitamente uma dessas ciganas em furta-cor pega um coquetel em pleno ar, esvazia-o para tomar coragem e, movendo suas mãos como Joe Frisco[11], dança sozinha sobre a plataforma de lona. Silêncio momentâneo; o líder da orquestra varia seu ritmo para se adaptar a ela e há uma explosão de conversas enquanto circula a notícia equivocada de que se trata da substituta de Gilda Gray nas *Follies*.[12] A festa começou.

---

11 Joe Frisco (1889–1958), ator de teatro de variedades estadunidense famoso pelo jeito de dançar.
12 Gilda Gray (1901–1959), atriz principal na série de peças conhecida como *Ziegfeld Follies*, que ficou em cartaz na Broadway, com poucas interrupções, de 1907 a 1936.

Acho que na primeira noite em que fui à casa de Gatsby eu era um dos poucos presentes que de fato fora convidado. As pessoas não eram convidadas — elas apareciam. Entravam em automóveis que as transportavam para Long Island e de algum modo iam parar na porta de Gatsby. Ao chegar, eram apresentadas a alguém que conhecia Gatsby e depois se comportavam segundo regras de conduta adequadas a parques de diversões. Às vezes chegavam e partiam sem nem sequer encontrar Gatsby, iam às festas com uma tal simplicidade de coração que era, em si mesma, o ingresso.

Eu realmente tinha sido convidado. Um motorista de uniforme azul-claro atravessara meu gramado no começo daquela manhã de sábado com um bilhete surpreendentemente formal de seu patrão — a honra seria de Gatsby, dizia a nota, se eu comparecesse à "pequena festa" dele naquela noite. Ele tinha me visto diversas vezes e tivera a intenção de me procurar muito tempo antes, porém uma combinação peculiar de circunstâncias o impedira — a assinatura em caligrafia majestosa era de Jay Gatsby.

Vestindo um terno de flanela branca, fui até o gramado dele pouco depois das sete e andei à toa, bem pouco à vontade, em meio aos rodopios e ao turbilhão de pessoas que eu não conhecia — embora aqui e ali houvesse um rosto que eu já tinha notado no trem. Fiquei imediatamente impressionado pela quantidade de jovens ingleses que pontilhavam a festa; todos bem-vestidos, todos parecendo um pouco famintos e todos falando em voz baixa e séria com norte-americanos robustos e prósperos. Tinha certeza de que eles estavam vendendo algo: ações ou seguros ou carros. No mínimo, agonizavam com a consciência do dinheiro fácil à sua volta e estavam convencidos de que aquele dinheiro poderia se tornar deles com algumas palavras no tom certo.

Assim que cheguei, tentei encontrar meu anfitrião, porém duas ou três pessoas a quem perguntei sobre seu paradeiro me olharam tão espantadas e negaram com tal veemência saber o que ele estava fazendo que me retirei rumo à mesa de coquetéis — o único lugar do jardim em que um homem sozinho podia ficar sem parecer inútil e solitário.

Eu estava a caminho de ficar ruidosamente bêbado por puro constrangimento quando Jordan Baker saiu da casa e parou no topo da escadaria de mármore, levemente inclinada para trás e olhando para o jardim com um interesse desdenhoso.

Bem-vindo ou não, achei necessário me ligar a alguém antes que precisasse começar a dirigir observações cordiais aos passantes.

— Olá! — rugi, indo na direção dela.

Minha voz pareceu estranhamente alta ao atravessar o jardim.

— Achei que você pudesse estar aqui — ela respondeu distraída enquanto eu subia. — Lembrei que você era vizinho do...

Ela segurou minha mão de modo impessoal, como se prometendo que logo me daria atenção, e foi ouvir o que diziam duas garotas em vestidos gêmeos amarelos que pararam ao pé da escadaria.

— Olá! — as duas gritaram juntas. — Que pena que você não ganhou.

Estavam falando do campeonato de golfe. Jordan perdera nas finais, na semana anterior.

— Você não sabe quem somos — disse uma das garotas de amarelo —, mas nós conhecemos você aqui faz mais ou menos um mês.

— Vocês pintaram o cabelo desde que a gente se viu — observou Jordan, e eu tive um sobressalto, mas as garotas continuaram a conversar com um ar displicente, e a observação dela foi dirigida à lua prematura, que surgiu, sem dúvida, como uma refeição que o responsável pelo bufê pusesse sobre a mesa. Com o braço dourado e delgado de Jordan repousando sobre o meu, descemos os degraus e passeamos pelo jardim. Uma bandeja de coquetéis flutuou em nossa direção cortando o crepúsculo e nos sentamos a uma mesa com as duas garotas de amarelo e três homens, todos apresentados a nós como sr. Balbucio.

— Você vem sempre a essas festas? — perguntou Jordan à garota a seu lado.

— A última foi aquela em que encontrei você — respondeu a garota, num tom de voz alerta, de confidência. Ela se virou para sua companhia: — Você também, não, Lucille?

Sim, também tinha sido a última vez de Lucille.

— Eu gosto de vir — disse ela. — Nunca me censuro muito, então sempre me divirto. Da última vez que vim, rasguei meu vestido numa cadeira, e ele perguntou meu nome e endereço. Uma semana depois, recebi um pacote com um vestido de noite novo, da Croirier.

— Você ficou com o vestido? — perguntou Jordan.

— Claro. Eu ia usar hoje, mas ficou grande demais no busto e precisava de ajuste. É azul cor de fogo com contas cor de lavanda. Duzentos e sessenta e cinco dólares.

— Há algo de curioso em um sujeito que faz uma coisa dessas — disse a outra garota, ansiosa. — Ele não quer problema com absolutamente *ninguém*.

— Quem não quer problema? — perguntei.

— Gatsby. Uma pessoa me contou...

As duas garotas e Jordan se inclinaram para falar confidencialmente.

— Uma pessoa me disse que acha que ele já matou alguém.

Um arrepio passou por todos nós. Os três srs. Balbucios se inclinaram para a frente e ouviam ávidos.

— Acho que não é *bem* isso — disse Lucille, cética. — Parece que ele foi espião da Alemanha durante a guerra.

Um dos homens fez que sim com a cabeça, confirmando.

— Ouvi isso de um sujeito que sabia tudo sobre ele, cresceu com ele na Alemanha — ele garantiu.

— Ah, não — disse a primeira garota —, isso não pode ser, porque ele estava no Exército norte-americano durante a guerra. — Como nossa credulidade voltou a ficar do lado dela, ela se inclinou para a frente com entusiasmo. — Olhe para Gatsby quando ele acha que não tem ninguém olhando. Aposto que ele matou alguém.

Ela apertou os olhos e teve um arrepio. Lucille teve um arrepio. Todos nos viramos e procuramos por Gatsby.

Prova da especulação romântica que ele inspirava era o fato de que os sussurros sobre ele partiam daqueles que dificilmente viam qualquer motivo no mundo para sussurrar.

O primeiro jantar — haveria outro depois da meia-noite — estava sendo servido, e Jordan me convidou para participar de um grupo que se espalhava em torno de uma mesa no outro lado do jardim. Havia três casais e o acompanhante de Jordan, um universitário persistente dado a insinuações e que obviamente achava que, mais cedo ou mais tarde, Jordan se entregaria a ele em maior ou menor grau. Em vez de ficar vagando pela festa, esse grupo tinha preservado uma respeitável homogeneidade, assumindo para si a tarefa de representar a sóbria nobreza do campo — East Egg condescendendo com West Egg, e cuidadosamente mantendo a guarda contra sua alegria espectroscópica.

— Vamos embora daqui — sussurrou Jordan, depois de uma meia hora inoportuna e desperdiçada. — Isso está certinho demais para o meu gosto.

Levantamos, e ela explicou que íamos encontrar o anfitrião — eu nunca tinha me encontrado com ele, disse ela, e isso estava me deixando pouco à vontade. O universitário fez um aceno de cabeça cínico e melancólico.

O bar, para onde olhamos primeiro, estava lotado, mas Gatsby não estava lá. Ela não conseguiu encontrá-lo do topo da escadaria, e ele não estava no terraço. Arriscamos uma porta que parecia importante e entramos numa biblioteca gótica de pé-direito alto, com painéis de carvalho ingleses trabalhados, e que parecia transportada integralmente de alguma ruína do outro lado do oceano.

Um sujeito atarracado de meia-idade, com óculos imensos e olhos de coruja, estava sentado um tanto bêbado na beira de uma grande mesa, olhando as prateleiras de livros com instável concentração. Quando entramos, ele revoou em círculos empolgado e examinou Jordan dos pés à cabeça.

— O que você acha? — ele perguntou impetuosamente.

— Do quê?

Ele fez um gesto com a mão na direção das prateleiras de livros.

— Disso. Na verdade, nem precisa ir ver. Eu já vi. São de verdade.

— Os livros?

Ele fez que sim.

— Completamente verdadeiros, com páginas e tudo mais. Achei que fossem de papelão bom, durável. Na verdade, são completamente reais. Páginas e... Aqui! Deixa eu mostrar.

Dando por certo nosso ceticismo, ele se apressou para as estantes e voltou com o primeiro volume das *Conferências Stoddard*.

— Veja! — bradou triunfante. — Um genuíno exemplar de material impresso. Até me enganou. Esse camarada é um Belasco[13]. Um triunfo. Que rigor! Que realismo!

---

13 David Belasco (1853–1931), dramaturgo estadunidense, autor da ópera *Madame Butterfly*.

E ele sabia quando parar... não cortou as páginas. Mas o que vocês querem? O que esperam?

Ele tirou o livro das minhas mãos e o colocou de novo na prateleira murmurando que caso um tijolo fosse removido a biblioteca toda podia desmoronar.

— Quem trouxe vocês? — perguntou. — Ou vocês simplesmente vieram? No meu caso, me trouxeram. A maior parte das pessoas também foi trazida.

Jordan olhava para ele com um ar alerta e alegre, sem responder.

— Quem me trouxe foi uma mulher chamada Roosevelt — ele continuou. — Sra. Claud Roosevelt. Vocês a conhecem? Eu a conheci em algum lugar ontem à noite. Faz uma semana que estou bêbado, e pensei que ficar numa biblioteca poderia me deixar sóbrio.

— Funcionou?

— Um pouco, acho. Ainda não sei dizer. Estou aqui só faz uma hora. Eu falei pra vocês sobre os livros? São de verdade. São...

— Você falou.

Apertamos a mão dele solenemente e voltamos para o lado de fora.

Agora dançavam, na lona sobre o jardim, velhos impelindo moças em giros eternos e pouco graciosos para trás, casais importantes agarrados um ao outro de modo tortuoso, com elegância e se mantendo longe do centro — e uma grande quantidade de moças sozinhas dançando de maneira individualista ou aliviando por um momento a orquestra do fardo do banjo ou de algum instrumento de percussão. Por volta da meia-noite, a algazarra tinha aumentado. Um celebrado tenor cantou em italiano e uma famosa contralto cantou em jazz, e entre os dois números as pessoas fizeram "acrobacias" pelo jardim, enquanto explosões de risos felizes e vazias subiam rumo ao céu de verão. Um par de "gêmeas" — que calhavam de ser as moças de amarelo — fez um show cômico com roupas de bebê, e champanhe era servida em taças enormes. A lua estava ainda mais alta, e flutuando sobre o estuário via-se um triângulo de escamas prateadas, ligeiramente trêmulas ao som das gotas metálicas dos banjos no gramado.

Eu ainda estava com Jordan Baker. Estávamos sentados a uma mesa com um sujeito mais ou menos da minha idade e uma menina barulhenta que à menor provocação começava a rir descontroladamente. Agora eu estava me divertindo. Tinha pegado dois baldes gigantes de champanhe e a cena se transformara diante dos meus olhos em algo significativo, essencial e profundo. Numa das pausas do entretenimento, o sujeito olhou para mim e sorriu.

— Seu rosto não me é estranho — ele disse, educadamente. — Você não estava na Terceira Divisão durante a guerra?

— Estava sim. Eu estava no Nono Batalhão de Metralhadoras.

— Eu estava no Sétimo de Infantaria até junho de 1918. Sabia que tinha visto você em algum lugar.

Conversamos por um momento sobre algumas cidadezinhas úmidas e cinzentas da França. Evidentemente ele morava na vizinhança, pois disse que tinha acabado de comprar um hidroplano e iria testá-lo pela manhã.

— Quer ir comigo, meu caro? Só pertinho da praia, ao longo do estuário.

— A que horas?

— Na hora que for melhor pra você.

Eu estava abrindo a boca para perguntar o nome dele quando Jordan olhou em torno e sorriu.

— Está se divertindo agora? — ela perguntou.

— Muito mais. — Voltei a me virar para meu conhecido. — Essa é uma festa incomum para mim. Ainda nem vi o anfitrião. Eu moro ali... — apontei com a mão para a cerca-viva invisível a distância — e esse Gatsby mandou o motorista me trazer um convite.

Por um momento ele me olhou como se não entendesse.

— Eu sou o Gatsby — disse ele, de repente.

— O quê? — eu disse. — Ah, mil perdões.

— Achei que você soubesse, meu caro. Infelizmente não sou um anfitrião muito bom.

Ele deu um sorriso compreensivo — muito mais do que compreensivo. Foi um daqueles raros sorrisos que trazem eterno conforto, algo com que você se depara quatro ou cinco vezes na vida. Por um instante ele encarava — ou parecia encarar — o mundo exterior como um todo, e depois se concentrava em *você* de um modo irresistivelmente parcial a seu favor. Aquele sorriso compreendia você até o ponto em que você desejasse ser compreendido, acreditava em você como você mesmo gostaria de acreditar e te dava a convicção de estar recebendo exatamente a impressão que, naquele momento, você desejaria transmitir. Naquele mesmo instante o sorriso desapareceu — e eu estava olhando para um jovem rude e elegante, que passara dos trinta havia um ou dois anos, cuja formalidade rebuscada no modo de falar beirava o absurdo. Pouco antes de ele se apresentar, tive uma forte impressão de que escolhia suas palavras com cuidado.

Quase no mesmo momento em que o sr. Gatsby se identificou, um mordomo foi até ele às pressas para informar que chegara uma mensagem de Chicago via telégrafo. Ele pediu licença com uma ligeira reverência que incluiu cada um de nós, um por vez.

— Se quiser algo, basta pedir, meu caro — ele insistiu. — Com licença. Volto a falar com vocês mais tarde.

Quando ele saiu, eu me virei imediatamente para Jordan — e não consegui disfarçar minha surpresa. Eu esperava que o sr. Gatsby fosse um sujeito de meia-idade extravagante e corpulento.

— Quem é ele? — perguntei. — Você sabe?

— É só um sujeito chamado Gatsby.

— De onde ele é, digo? E o que ele faz?

— Agora *você* está se iniciando no tema — ela respondeu, com um sorriso pálido. — Bom, uma vez ele me disse que estudou em Oxford.

Um passado ainda obscuro começou a se formar por trás dele, mas desapareceu com o comentário seguinte.

— Mas eu não acredito nisso.

— Por que não?

— Não sei — ela insistiu —, só acho que ele não estudou lá.

Alguma coisa no tom de voz dela me fez lembrar da outra garota dizendo "Acho que ele matou um homem", e teve o efeito de estimular minha curiosidade. Eu teria aceitado sem questionar a informação de que Gatsby brotou nos pântanos da Louisiana ou no Lower East Side de Nova York. Isso era compreensível. Mas homens jovens — pelo menos na minha inexperiência provinciana era assim que eu via as coisas — não saíam tranquilamente do nada e compravam um palácio no estuário de Long Island.

— Seja como for, ele dá festas grandes — disse Jordan, mudando de tema com uma polida aversão pelo concreto. — E eu gosto de festas grandes. São tão íntimas. Em festas pequenas não existe privacidade.

Ouviu-se a explosão de um tambor, e subitamente a voz do crooner[14] da orquestra soou sobre a ecolalia[15] do jardim.

— Senhoras e senhores —, ele bradou. — A pedido do sr. Gatsby, vamos tocar a obra mais recente do sr. Vladimir Tostoff, que atraiu tanta atenção no Carnegie Hall em maio. Se vocês leram os jornais, sabem que a peça foi uma sensação. — Ele sorriu com jovial condescendência e acrescentou: — E que sensação! —, o que fez todos rirem. — A peça é

---

14 Denominação usada para cantores populares do sexo masculino, especialmente para aqueles que cantam jazz e canções de amor.
15 Repetição compulsiva, muitas vezes patológica, das palavras ditas por outras pessoas.

conhecida — concluiu vigorosamente — como "A história do mundo segundo o jazz, por Vladimir Tostoff".

A natureza da composição do sr. Tostoff me escapou, pois assim que a música começou meus olhos recaíram sobre Gatsby, parado sozinho nos degraus de mármore e passando os olhos de um grupo para o outro com ares de aprovação. A pele bronzeada de seu rosto mantinha uma atraente tensão e seus cabelos curtos pareciam ser aparados todos os dias. Eu não via nada de sinistro nele. Fiquei pensando se o fato de ele não estar bebendo o ajudava a ficar à parte dos convidados, pois minha impressão era de que ele ficava mais correto à medida que aumentava a fraternal hilaridade. Quando "A história do mundo segundo o jazz" terminou, moças apoiavam a cabeça sobre os ombros dos homens com um ar de filhote alegre, garotas simulavam desmaios de brincadeira, caindo pra trás nos braços dos homens, ou até mesmo de uns grupos, sabendo que um deles impediria sua queda — mas ninguém desmaiou nos braços de Gatsby e nenhum penteado francês tocou os ombros de Gatsby e nenhum quarteto vocal se formou incluindo a cabeça de Gatsby como um de seus elos.

— Com licença.

De súbito, o mordomo de Gatsby estava de pé ao nosso lado.

— Srta. Baker? — ele perguntou. — Com licença, o sr. Gatsby gostaria de falar em particular com a senhorita.

— Comigo?

— Sim, madame.

Jordan se levantou lentamente, erguendo as sobrancelhas para mim, perplexa. E seguiu o mordomo na direção da casa. Percebi que ela usava seu vestido de noite, aliás, todos os seus vestidos, como se fossem trajes esportivos — havia um certo vigor nos movimentos dela, como se tivesse aprendido a andar em campos de golfe, em manhãs frescas de céu limpo.

Eu estava sozinho e eram quase duas da manhã. Por algum tempo, sons confusos e intrigantes saíram de uma sala longa com muitas janelas, que ficava sobre o terraço. Fugindo do universitário de Jordan, que agora estava numa conversa obstétrica com duas coristas, e que implorou para que eu me juntasse a ele, entrei na casa.

O salão estava cheio de gente. Uma das garotas de amarelo tocava piano e a seu lado cantava uma moça alta e ruiva que fazia parte de um famoso coro. Ela tinha bebido champanhe e durante a canção decidira, de modo infeliz, que tudo era muito, muito triste — ela não só cantava, também chorava. Sempre que havia uma pausa na música, a moça a preenchia com soluços de choro e depois retomava a letra num trêmulo soprano. As lágrimas escorreram por seu rosto — porém não livremente, pois, ao entrar em contato com os cílios bastante maquiados, elas assumiam uma cor tingida e faziam o resto do caminho em lentos regatos negros. Alguém sugeriu, de brincadeira, que ela cantasse as notas escritas em seu rosto, o que a fez levar as mãos para cima e se jogar numa cadeira, caindo num profundo sono embriagado.

— Ela brigou com um sujeito que diz ser marido dela — explicou uma garota ao meu lado.

Olhei ao redor. A maior parte das mulheres remanescentes agora brigava com homens que diziam ser seus maridos. Até mesmo o grupo de Jordan, o quarteto de East Egg, estava dividido por desavenças. Um dos sujeitos conversava com curiosa intensidade com uma jovem atriz, e a esposa dele, após tentar rir da situação de um modo digno e indiferente, desmoronou completamente e recorreu a ataques nos flancos — de tempos em tempos ela aparecia subitamente ao lado do marido como um diamante enfurecido e sussurrava em seu ouvido: "Você prometeu!".

A relutância em ir para casa não se restringia a homens indóceis. O saguão no momento estava ocupado por dois homens em estado deplorável de sobriedade e por suas esposas altamente indignadas. As esposas demonstravam compadecer-se uma da outra, em vozes ligeiramente exaltadas.

— Basta ele ver que eu estou me divertindo para querer voltar para casa.

— Nunca soube de nada mais egoísta na minha vida.

— Somos sempre os primeiros a ir embora.

— Nós também.

— Bom, ontem quase fomos os últimos — disse um dos homens timidamente. — A orquestra foi embora já faz meia hora.

Apesar de as esposas concordarem que tal maldade era inacreditável, a discussão terminou em uma briga rápida, e as duas foram carregadas esperneando no meio da noite.

Enquanto eu esperava pelo meu chapéu no saguão, a porta da biblioteca se abriu e Jordan Baker e Gatsby saíram juntos. Ele estava lhe dizendo alguma última palavra, porém a ansiedade visível nos modos dele se transformou abruptamente em formalidade quando várias pessoas se aproximaram para se despedir.

O grupo de Jordan chamava por ela impacientemente da varanda, mas ela ainda demorou um instante apertando mãos.

— Acabei de ouvir a coisa mais sensacional — sussurrou ela. — Quanto tempo a gente ficou lá dentro?

— Não sei, uma hora, mais ou menos.

— Foi... simplesmente sensacional — repetiu distraída. — Mas jurei que não ia contar e agora estou aqui te deixando curioso. — Ela bocejou graciosamente na minha cara. — Por favor venha me ver... Lista telefônica... No nome da sra. Sigourney Howard... Minha tia...

Ela andava às pressas enquanto falava; sua mão morena acenou fazendo uma saudação jovial enquanto ela se fundia com seu grupo na porta.

Envergonhado por ter ficado até tão tarde na minha primeira visita, fui me juntar aos últimos convidados de Gatsby, reunidos em torno dele. Queria explicar que fui atrás dele mais cedo e pedir desculpas por não tê-lo reconhecido no jardim.

— Nem fale nisso — ele ordenou impaciente. — Nem pense mais nisso, meu caro. — A expressão familiar não transmitia mais familiaridade do que a mão que tocava meus ombros de um jeito reconfortante. — E não esqueça que vamos voar no hidroplano amanhã às nove.

Então o mordomo, por trás dos ombros dele:

— Telefonema da Filadélfia para o senhor.

— Tudo bem, num minuto. Diga que já vou... Boa noite.

— Boa noite.

— Boa noite. — Ele sorriu, e subitamente parecia ter uma importância agradável estar entre os últimos a ir embora, como se ele tivesse desejado que fosse assim desde o começo. — Boa noite, meu caro... Boa noite.

Porém, enquanto eu descia a escada, vi que a noite ainda não tinha exatamente acabado. A quinze metros da porta, uma dúzia de faróis iluminava uma cena bizarra e tumultuada. Caído numa vala ao lado da rua, com o lado direito para cima e uma das rodas violentamente arrancada, estava um cupê[16] que saíra da casa de Gatsby menos de dois minutos antes. A saliência de uma parede era responsável pela perda da roda, que agora recebia considerável atenção de meia dúzia de motoristas curiosos. No entanto, como eles haviam deixado seus carros bloqueando a via, o ruído de descontentamento dos que vinham atrás aumentava ainda mais a confusão violenta da cena.

Um sujeito com um longo sobretudo havia descido dos destroços e agora estava parado no meio da via, olhando do carro para a roda e da roda para as pessoas que observavam à volta, com um ar divertido, atônito.

---

16 Estilo de carroceria para carros de passeio com duas portas.

— Olha só! — ele explicou. — Caiu na vala.

O fato lhe era infinitamente intrigante, e reconheci primeiro o incomum espanto e só depois o homem. Era o mais recente protetor da biblioteca de Gatsby.

— Como foi que isso aconteceu?

Ele deu de ombros.

— Não sei nada de mecânica — disse com ar determinado.

— Mas como aconteceu? Você bateu no muro?

— Não me pergunte — disse Olhos de Coruja, lavando suas mãos sobre o caso. — Sei muito pouco sobre direção, quase nada. Aconteceu, só sei isso.

— Bom, se você dirige mal, não devia tentar dirigir à noite.

— Mas eu não estava nem tentando — ele explicou indignado —, eu não estava nem tentando.

Um silêncio de espanto tomou conta das pessoas à volta.

— Você quer se matar?

— Você deu sorte de ser só uma roda! Um mau motorista e não estava *nem tentando*!

— Vocês não estão entendendo — explicou o criminoso. — Eu não estava dirigindo. Tem mais uma pessoa no carro.

O choque que se seguiu a essa declaração encontrou sua manifestação num longo "Ah-h-h!" ao mesmo tempo que a porta do carro se abria devagar. A multidão — agora era uma multidão — se afastou involuntariamente e, quando a porta se escancarou, houve uma pausa fantasmagórica. Então, de forma muito paulatina, por partes, saiu dos destroços uma pessoa pálida e desequilibrada, pisando hesitante no chão com grandes e não muito firmes sapatos de dança.

Ofuscada pelo clarão dos faróis e confusa pelo gemido incessante das buzinas, a aparição continuou balançando por um momento antes de perceber o sujeito de sobretudo.

— Que foi? — perguntou ele tranquilamente. — A gente ficou sem gasolina?

— Olhe!

Meia dúzia de indicadores apontaram para a roda amputada — ele encarou aquilo por um momento e depois olhou para cima como se suspeitasse que a roda tivesse caído do céu.

— A roda caiu — alguém explicou.

Ele fez que sim com a cabeça.

— No começo eu não notei que a gente tinha parado.

Uma pausa. Depois, enchendo lentamente os pulmões e endireitando os ombros, ele disse com voz decidida:

— Alguém sabe onde eu acho um posto de gasolina?

No mínimo uma dúzia de homens, alguns deles em estado só um pouco melhor do que o do motorista, explicaram que a roda já não tinha nenhum vínculo com o carro.

— Se afastem — ele sugeriu depois de um momento. — Vou dar marcha a ré.

— Mas a *roda caiu*!

Ele hesitou.

— Não custa tentar.

As buzinas, esganiçadas como uma briga de gatos, atingiram um crescendo; dei meia-volta e atravessei o gramado para casa. Olhei para trás uma vez. Uma hóstia lunar brilhava sobre a casa de Gatsby, tornando a noite bela como antes e sobrevivendo ao riso e aos sons do gramado que ainda brilhava. Um vazio repentino parecia fluir agora das janelas e das grandes portas, dando um ar de completo isolamento à figura do anfitrião, que estava parado de pé na varanda, com as mãos para cima num gesto formal de despedida.

* * *

Lendo o que escrevi até agora, vejo que dei a impressão de que os fatos das duas noites, separadas por três semanas, eram tudo que me ocupava. Pelo contrário, foram eventos meramente casuais num verão bastante agitado, e com os quais na época me ocupei infinitamente menos do que com meus próprios assuntos — algo que só veio a mudar muito depois.

Na maior parte do tempo eu trabalhava. No início da manhã, o sol lançava minha sombra para o oeste enquanto eu seguia às pressas pelos brancos abismos do sul de Manhattan rumo ao escritório da Probity Trust. Conhecia os outros funcionários e os jovens vendedores de ações pelo primeiro nome e almoçava com eles, comendo linguicinhas de porco e purê de batatas e café em restaurantes escuros e lotados. Cheguei mesmo a ter um breve romance com uma garota que morava em Jersey City e trabalhava na contabilidade, mas o irmão dela começou a me olhar torto e por isso, quando ela saiu de férias em julho, deixei a coisa esfriar sem alarde.

Eu costumava jantar no Yale Club — por algum motivo, era o momento mais triste do meu dia — e depois subia para a biblioteca e me dedicava por uma hora ao estudo de investimentos e seguros. Em geral havia gente barulhenta em volta, mas essas pessoas jamais iam à biblioteca, e por isso era bom trabalhar lá. Depois, caso a noite estivesse agradável, eu caminhava pela Avenida Madison passando pelo velho Hotel Murray Hill e pela rua Trinta e Três até a Estação Pensilvânia.

Comecei a gostar de Nova York, daquela sensação de vitalidade e aventura à noite e da satisfação que o constante tremeluzir de homens e mulheres e máquinas oferece ao olho inquieto. Gostava de subir a Quinta Avenida e ver mulheres românticas em meio à multidão e imaginar que em poucos minutos eu entraria na vida delas, e que ninguém jamais ficaria sabendo, nem censuraria. Por vezes, na minha cabeça, eu as seguia até o apartamento delas nas esquinas de ruas ocultas, e elas se viravam e correspondiam ao meu sorriso antes de desaparecerem por uma porta que as levava a uma cálida escuridão. No crepúsculo encantado da metrópole, por vezes eu sentia uma solidão fantasmagórica, e sentia o mesmo em outros — pobres e jovens funcionários que se demoravam em frente às vitrines, esperando até a hora de jantar sozinhos num restaurante — jovens funcionários no crepúsculo, desperdiçando os momentos mais pungentes da noite e da vida.

Novamente às oito horas, quando as alamedas escuras na altura da Rua Quarenta estavam entulhadas de táxis latejantes que iam para a região dos teatros, eu sentia um peso no coração. Formas se reclinavam na direção umas das outras nos táxis enquanto esperavam, e vozes cantavam, e havia risos causados por piadas que não eram ouvidas, e cigarros acesos traçavam o contorno de gestos ininteligíveis do lado de dentro. Imaginando que eu também estava indo às pressas rumo à alegria e que compartilharia de suas emoções íntimas, eu lhes desejava o melhor.

Por algum tempo perdi Jordan Baker de vista, e depois a encontrei de novo em meados do verão. De início eu ficava lisonjeado por ir aos lugares com ela porque ela era uma campeã de golfe e todo mundo sabia seu nome. Depois isso virou algo a mais. Eu não estava realmente apaixonado, mas sentia uma espécie de curiosidade afável. O rosto entediado e altivo que ela dirigia ao mundo ocultava algo — na maior parte das vezes, afetações acabam ocultando algo, ainda que não o façam desde o começo —, e um dia eu descobri o que era. Quando estávamos juntos em uma festa numa casa em Warwick, ela deixou um carro emprestado na chuva com a capota baixada, e depois mentiu a respeito — e subitamente me lembrei da história sobre ela que havia me escapado naquela noite na casa de Daisy. No primeiro grande campeonato de golfe dela houve uma confusão que quase chegou aos jornais — a insinuação de que ela tinha movido uma bola em posição difícil na semifinal. O assunto chegou perto de assumir proporções de escândalo — e depois sumiu. Um caddy[17] retirou o que havia dito e a única outra testemunha admitiu que podia ter se enganado. O incidente e o nome tinham permanecido ligados na minha cabeça.

Jordan Baker instintivamente evitava homens espertos e perspicazes, e agora eu percebia que era porque ela se sentia mais segura num terreno onde qualquer divergência moral seria impossível. Ela era incuravelmente desonesta. Era incapaz de suportar uma situação em que estivesse em desvantagem e, tendo em vista essa falta de disposição, suponho que tenha começado a lançar mão de subterfúgios ainda muito nova para poder seguir dirigindo aquele sorriso tranquilo e insolente para o mundo e ao mesmo tempo satisfazer as exigências de seu corpo vigoroso e firme.

Para mim não fez diferença. Desonestidade é algo que não se censura muito em uma mulher; fiquei levemente aborrecido, e depois esqueci. Naquela mesma festa tivemos uma conversa curiosa sobre dirigir carros. Começou porque ela passou tão perto de uns operários que nosso para-choque bateu no botão do casaco de um deles.

— Você é uma péssima motorista. Precisa ser mais cuidadosa ou então parar de dirigir.

— Eu sou cuidadosa.

---

[17] Responsável por carregar as bolas e tacos de um jogador de golfe.

— Não, não é.

— Bom, as outras pessoas são — ela disse tranquilamente.

— Mas o que isso tem a ver?

— Elas vão sair do caminho — ela insistiu. — É preciso duas pessoas para causar um acidente.

— Suponha que encontre alguém tão descuidado quanto você.

— Espero que nunca aconteça — ela respondeu. — Detesto gente descuidada. É por isso que eu gosto de você.

Seus olhos cinzentos ofuscados pelo sol estavam fixos na rua, mas ela havia deliberadamente modificado nosso relacionamento, e por um instante pensei que a amava. Mas eu penso devagar e sou cheio de regras internas que funcionam como freios para meus desejos, e eu sabia que primeiro precisava me desemaranhar completamente da história que havia deixado na minha cidade. Eu escrevia cartas uma vez por semana e assinava dizendo "Com amor, Nick", e a única coisa em que conseguia pensar era como, quando aquela certa garota jogava tênis, um leve bigode de suor surgia no seu lábio superior. Contudo havia um vago acordo que precisava ser rompido com muito tato antes que eu pudesse me considerar livre.

Todo mundo suspeita ter pelo menos uma das virtudes cardeais, e esta é a minha: sou uma das poucas pessoas honestas que já conheci.

Capítulo 4

Na manhã de domingo, enquanto sinos de igreja soavam nos vilarejos ao longo da costa, o mundo inteiro voltava com sua amante à casa de Gatsby e cintilava sorrindo sobre seu gramado.

— Ele é contrabandista de bebidas — disse uma das moças, enquanto se movia entre os coquetéis e as flores dele. — Uma vez ele matou um sujeito que descobriu que ele era sobrinho de von Hindenburg[18] e primo em segundo grau do diabo. Alcance um rosé para mim, querido, e me sirva uma última gota nessa taça de cristal.

Uma vez anotei nos espaços em branco de uma tabela de horários de trem o nome das pessoas que foram à casa de Gatsby naquele verão. Hoje a tabela está velha, se desintegrando nos vincos, e seu título é "Horários válidos para 5 de julho de 1922". Mas ainda consigo ler os nomes em cinza e, mais do que as minhas generalidades, esses nomes vão te dar uma impressão mais precisa sobre as pessoas que aceitaram a hospitalidade de Gatsby e que lhe prestaram a sutil homenagem de não saber absolutamente nada sobre ele.

De East Egg vinham os Chester Beckers e os Leeches e um sujeito chamado Bunsen, que conheci em Yale, e o dr.

---

18 Paul von Hindenburg (1847–1934), general alemão durante a Primeira Guerra e segundo presidente da República de Weimar (1925–1934), nomeou Adolf Hitler como chanceler da Alemanha em 1933.

Webster Civet, que morreu afogado no Maine no ano passado. E os Hornbeams e os Willie Voltaires e um clã inteiro chamado Blackbuck, que ficavam num canto e empinavam o nariz feito bodes sempre que alguém chegava perto. E os Ismays e os Chrysties (ou, na verdade, Hubert Auerbach e a esposa do sr. Chrystie) e Edgar Beaver, cujo cabelo, segundo dizem, ficou branco como algodão numa tarde de inverno, aparentemente sem nenhum motivo.

Clarence Endive era de East Egg, se não me engano. Ele só apareceu uma vez, com calças brancas de esportista, e brigou no jardim com um bebum chamado Etty. De partes mais distantes de Long Island vinham os Cheadles e os O. R. P. Schraeders e os Stonewall Jackson Abrams da Georgia e os Fishguards e os Ripley Snells. Snell esteve lá três dias antes de ir para a penitenciária, tão bêbado na trilha de cascalho que levava até a casa que o carro da sra. Ulysses Swett passou por cima da mão direita dele. Os Dancies também iam, assim como S. S. Whitebait, que tinha bem mais de sessenta anos, e Maurice A. Flink e os Hammerheads e Beluga, o importador de tabaco, e as garotas do Beluga.

De West Egg vinham os Poles e os Mulreadys e Cecil Roebuck e Cecil Schoen e Gulick, o deputado estadual, e Newton Orchid, que controlava a Films Par Excellence, e Eckhaust e Clyde Cohen e Don S. Schwartze (o filho) e Arthur McCarty, todos ligados com cinema de um jeito ou de outro. E os Catlips e os Bembergs e G. Earl Muldoon, irmão daquele Muldoon que depois estrangulou a mulher. Da Fontano, o promotor, comparecia, e Ed Legros e James B. ("Rabo de Galo") Ferret e os De Jongs e Ernest Lily — eles iam lá para jogar e quando Ferret ficava vagando pelo jardim era sinal de que tinha perdido tudo e de que a Associated Traction teria que lucrar no dia seguinte.

Um sujeito chamado Klipspringer estava lá com tanta frequência e ficava por tanto tempo que ficou conhecido como "hóspede" — duvido que tivesse outra casa. Do pessoal do teatro iam Gus Waize e Horace O'Donovan e Lester Meyer e George Duckweed e Francis Bull. Também de Nova York havia os Chromes e os Backhynssons e os Dennickers e Russel Betty e os Corrigans e os Kellehers e os Dewars e os Scullys e S. W. Belcher e os Smirkes e os jovens Quinns, que hoje estão divorciados, e Henry L. Palmetto, que se matou pulando na frente de um trem do metrô na Times Square.

Benny McClenahan sempre chegava com quatro garotas. Nunca eram as mesmas, mas eram tão idênticas umas às outras que inevitavelmente pareciam já ter estado lá. Esqueci o nome delas. Jaqueline, acho, ou então Consuela ou Gloria ou Judy ou June, e seus sobrenomes ou eram nomes melodiosos de flores e meses ou nomes sérios de grandes capitalistas — de quem, caso pressionadas, confessariam ser primas.

Além de todos esses, consigo lembrar que Faustina O'Brien foi lá pelo menos uma vez, assim como as meninas Baedeker e o jovem Brewer, que teve o nariz arrancado por um tiro na guerra, e o sr. Albrucksburger e a srta. Haag, sua noiva, e Ardita Fitz-Peters, e o sr. P. Jewett, que chegou a ser chefe da Legião Americana, e a srta. Claudia Hip com um sujeito que supostamente era seu motorista, e um príncipe de algum lugar, que chamávamos de Duque e cujo nome, se é que algum dia eu soube, acabei esquecendo.

Todas essas pessoas foram à casa de Gatsby no verão.

* * *

Às nove horas, numa manhã do fim de julho, o deslumbrante carro de Gatsby cambaleou pela trilha de pedras até chegar à minha porta e emitiu uma melodia explosiva com sua buzina de três notas. Era a primeira vez que ele ia à minha casa, embora eu tivesse ido a duas festas dele, subido em seu hidroplano e, atendendo a seus imperativos convites, tivesse frequentemente usado sua praia particular.

— Bom dia, meu caro. Você vai almoçar comigo hoje e pensei que podíamos ir juntos de carro.

Ele estava se equilibrando no painel do carro com aquela habilidade de movimentos tão peculiar aos norte-americanos — e que deriva, suponho, da ausência de ter de carregar peso ou de ter de ficar sentado em posição ereta na juventude, e ainda mais da graça amorfa de nossos esportes nervosos e esporádicos. Essa característica frequentemente transparecia em seu jeito metódico na forma de impaciência. Ele nunca estava realmente parado; sempre havia um pé batendo no chão ou uma mão inquieta que ficava abrindo e fechando.

Ele me viu olhando com admiração para seu carro.

— Bonito, não é, meu caro? — Ele saltou para fora para que eu pudesse ver melhor. — Você ainda não tinha visto?

Eu tinha visto. Todo mundo tinha visto. Era de uma cor creme intensa, com peças de níquel reluzentes, inchado aqui e ali ao longo de seu monstruoso comprimento por triunfantes compartimentos para chapéus, comida e ferramentas, e cercado por um labirinto de para-brisas que espelhavam uma dúzia de sóis. Sentados abaixo de muitas camadas de vidro numa espécie de estufa de couro verde, partimos para a cidade.

Durante o mês eu havia conversado com Gatsby meia dúzia de vezes e, para minha decepção, descobri que ele não tinha muito a dizer. Assim, minha primeira impressão, de que era uma pessoa de importância indefinida, dissipou-se e ele passou a ser simplesmente o proprietário de uma casa rebuscada à beira da estrada, que morava ao meu lado.

E aí veio a desconcertante carona. Ainda não havíamos chegado a West Egg quando Gatsby começou a deixar suas elegantes frases inacabadas e passou a bater de modo hesitante no joelho de seu terno caramelo.

— Então, meu caro — precipitou-se de maneira surpreendente. — O que você acha de mim?

Um pouco confuso, comecei com as generalidades evasivas que essa pergunta merece.

— Bom, vou te contar uma coisa sobre a minha vida — ele interrompeu. — Não quero que você fique com a impressão errada sobre mim por causa dessas histórias todas que anda ouvindo.

Então ele sabia das acusações bizarras que apimentavam a conversa em seus saguões.

— Vou te dizer a mais absoluta verdade. — Ergueu sua mão direita subitamente como se determinasse que a retribuição divina deixasse de agir. — Sou filho de pessoas ricas do Meio-Oeste. Todos já morreram. Fui criado nos Estados Unidos, mas estudei em Oxford porque há muitas gerações todos os meus ancestrais estudam lá. É uma tradição de família.

Ele me olhou de soslaio — e eu soube por que Jordan Baker acreditava que ele mentia. Ele apressara as palavras "estudei em Oxford", ou as engolira ou se engasgara com elas como se aquilo já tivesse lhe trazido incômodos. E essa dúvida fez com que toda a história que ele estava contando desmoronasse, e fiquei me perguntando se afinal não havia algo meio sinistro nele.

— Que parte do Meio-Oeste? — perguntei como quem não quer nada.

— São Francisco.

— Entendo.

— Minha família inteira morreu e recebi uma boa bolada.

A voz dele era solene, como se a memória daquela repentina extinção de um clã ainda o perseguisse. Por um momento achei que ele estava brincando comigo, mas só de olhar para ele me convenci do contrário.

— Depois vivi como um jovem rajá em todas as capitais da Europa: Paris, Veneza, Roma, colecionando joias, principalmente rubis, caçando animais grandes, pintando um pouco, só para mim mesmo, e tentando esquecer uma coisa muito triste que me aconteceu há muito tempo.

Com esforço consegui conter meu riso incrédulo. As frases estavam tão gastas que só conseguiam evocar a imagem de um "personagem" de turbante derramando serragem por todos os poros enquanto perseguia um tigre pelo Bois de Boulogne[19].

— Aí veio a guerra, meu caro. Foi um alívio imenso e me esforcei bastante para morrer, mas parecia que minha vida era encantada. Aceitei um cargo de primeiro-tenente no começo da guerra. Na floresta de Argonne, levei dois destacamentos de metralhadoras tão à frente que se criou entre nós uma lacuna de quase um quilômetro, por onde a infantaria não podia avançar. Ficamos lá por dois dias e duas noites, cento e trinta homens com seis metralhadoras Lewis e, quando finalmente chegou, a infantaria encontrou as insígnias de três divisões alemãs em meio à pilha de mortos. Fui promovido a major e todos os governos aliados me deram uma condecoração. Até Montenegro, a pequena Montenegro no mar Adriático!

A pequena Montenegro! Ele elevou as palavras e acenou para elas — com seu sorriso. O sorriso abrangia a história problemática de Montenegro e demonstrava empatia pelo corajoso povo montenegrino e suas lutas. Aquele sorriso reconhecia plenamente a série de circunstâncias nacionais que levaram Montenegro, com seu caloroso e pe-

---

19 Famoso parque em Paris, uma das maiores áreas verdes da cidade.

queno coração, a lhe prestar aquela homenagem. Minha incredulidade estava agora submersa em fascínio; era como folhear às pressas uma dúzia de revistas.

Ele pôs a mão no bolso e um pedaço de metal, pendurado em uma fita, caiu na palma de minha mão.

— Essa é a de Montenegro.

Para meu espanto, a coisa tinha ares de autenticidade. *Ordere di Danilo*, dizia a legenda circular, *Montenegro Nicolas Rex*.

— Vire.

Major Jay Gatsby, eu li, *Pelo extraordinário valor*.

— Deixa eu mostrar mais uma coisa que sempre levo comigo. Uma lembrança de meus tempos de Oxford. Foi tirada na Trinity Quad, e o sujeito à minha esquerda é hoje o conde de Doncaster.

Era uma foto de meia dúzia de jovens de paletó reunidos à toa sob uma arcada; ao fundo era possível ver uma série de pináculos. Lá estava Gatsby, parecendo um pouco mais novo, não muito, com um taco de críquete nas mãos.

Então era tudo verdade. Vi a pele dos tigres flamejando em seu palácio no Grande Canal; eu o vi abrindo um grande baú de rubis para aliviar, com suas profundezas carmesim, as dores de seu coração partido.

— Eu vou te pedir uma coisa importante hoje — disse ele, colocando seus souvenirs no bolso com satisfação —, por isso achei que você precisava saber algo sobre mim. Não queria que pensasse que eu sou um joão-ninguém. Veja, em geral estou em meio a desconhecidos porque fico à deriva daqui pra lá, tentando esquecer essa coisa triste que me aconteceu. — Ele hesitou. — Você vai ouvir sobre isso hoje à tarde.

— No almoço?

— Não, de tarde. Descobri por acaso que você vai levar a srta. Baker para tomar chá.

— Você está me dizendo que está apaixonado pela srta. Baker?

— Não, meu caro, não estou. Mas a srta. Baker gentilmente concordou em falar com você sobre esse assunto.

Eu não fazia a menor ideia de qual seria "esse assunto", mas estava mais aborrecido do que interessado. Eu não tinha convidado Jordan para tomar chá para falar do sr. Jay Gatsby. Tinha certeza de que o pedido seria completamente extraordinário e por um instante cheguei a me arrepender de ter posto os pés naquele gramado superpovoado dele.

Ele não disse mais nada. Seus modos ficavam cada vez mais apurados à medida que nos aproximávamos da cidade. Passamos por Port Roosevelt, onde era possível vislumbrar navios indo para o oceano com seus cinturões vermelhos, e cruzamos em alta velocidade uma área pobre pavimentada com paralelepípedos, ladeada pelos escuros e indescritíveis bares do esplendor — hoje pálido — do século XIX. Então o vale das cinzas se abriu de ambos os lados e, enquanto passávamos, tive um vislumbre da sra. Wilson labutando na bomba de combustível da oficina, com uma vitalidade ofegante.

Com para-choques estendidos como asas, corremos com leveza por metade de Astoria — apenas metade, pois quando contornávamos os pilares do elevado, ouvi o familiar "bram-bram-POF" de uma moto e vi um policial pilotando freneticamente ao nosso lado.

— Tudo tranquilo, meu caro — disse Gatsby.

Reduzimos. Ele pegou um cartão branco de sua carteira e o agitou diante dos olhos do homem.

— O senhor tem razão — concordou o policial, tocando na aba do quepe. — Da próxima vez vou reconhecer o senhor, sr. Gatsby. Perdão!

— O que foi aquilo? — perguntei. — A foto de Oxford?

— Uma vez tive a oportunidade de fazer um favor para o comissário, e ele me manda um cartão de Natal todo ano.

Sobre a grande ponte, com a luz do sol por entre as vigas fazendo os carros em movimento cintilarem constantemente, com a cidade assomando do outro lado do rio em brancos montes e torrões de açúcar, construída a partir de um desejo sem dinheiro sujo envolvido. A cidade vista da ponte de Queensboro é sempre a cidade vista pela primeira vez, em sua louca promessa inicial de conter todo o mistério e toda a beleza do mundo.

Um homem morto passou por nós num rabecão coberto por flores, seguido por duas carruagens com as cortinas cerradas e por carruagens mais alegres para amigos. Os amigos nos encararam com grandes olhos trágicos e os lábios superiores finos, típicos da parte sudeste da Europa, e fiquei feliz que a visão do esplêndido carro de Gatsby tenha sido incluída naquele triste dia deles. Ao cruzarmos a Ilha Blackwell, passou por nós uma limusine dirigida por um motorista branco, na qual estavam sentados três negros bem-vestidos, dois homens e uma garota. Ri alto vendo seus olhos rolarem na nossa direção numa orgulhosa rivalidade.

"Qualquer coisa pode acontecer agora que passamos por essa ponte", pensei. "Absolutamente qualquer coisa..."

Até Gatsby podia acontecer, sem nenhum espanto particular.

* * *

Meio-dia feroz. Num porão bem ventilado da rua Quarenta e Dois eu me encontrei com Gatsby para almoçar. Piscando para retirar de meus olhos o brilho da rua, eu o vi vagamente na antessala conversando com outro homem.

— Sr. Carraway, este é meu amigo, o sr. Wolfshiem.

Um judeu pequeno de nariz chato ergueu sua grande cabeça e olhou para mim com dois belos tufos de pelos que saíam luxuriantes de cada narina. Depois de um momento descobri seus olhos minúsculos à meia-luz.

— ...então eu dei uma olhada para ele — disse o sr. Wolfshiem, apertando com firmeza a minha mão —, e o que você acha que eu fiz?

— O quê? — perguntei educadamente.

Mas evidentemente ele não estava falando comigo, pois largou minha mão e cobriu Gatsby com seu nariz expressivo.

— Entreguei o dinheiro para Katspaugh e disse "Muito bem, Katspaugh, não entregue um centavo para ele até ele calar a boca". Ele calou a boca na mesma hora.

Gatsby pegou um braço de cada um de nós e foi na direção do salão, o que levou o sr. Wolfshiem a engolir uma nova frase que estava começando e a recair em abstração sonâmbula.

— Highballs? — ofereceu o maître.

— É um belo restaurante — disse o sr. Wolfshiem, olhando para as ninfas presbiterianas no teto. — Mas prefiro o do outro lado da rua.

— Sim, highballs — concordou Gatsby, e então para o sr. Wolfshiem: — Lá é muito quente.

— Quente e pequeno... sim — disse o sr. Wolfshiem —, mas cheio de lembranças.

— De que lugar vocês estão falando? — perguntei.

— O antigo Metropole.

— O antigo Metropole — disse o sr. Wolfshiem, pensativo e triste. — Repleto de rostos que já partiram. Repleto de amigos que foram embora para sempre. Enquanto eu viver não vou esquecer a noite em que balearam Rosy Rosenthal lá. Estávamos em seis na mesa, e Rosy tinha comido e bebido a noite toda. Quando já era quase de manhã o garçom foi até ele com um olhar estranho e disse que alguém queria falar com ele lá fora. "Tudo bem", disse Rosy, e foi levantando, e eu puxei ele de volta para a cadeira. "Se os canalhas querem você, que entrem aqui, Rosy, mas não me vá sair dessa sala." Eram quatro da manhã, e se a gente tivesse levantado a persiana daria para ver a luz do dia.

— Ele saiu? — perguntei inocentemente.

— Claro que saiu. — O nariz do sr. Wolfshiem cintilou indignado na minha direção — Ele se virou na porta e disse "Não deixe o garçom levar o meu café!". Saiu para a calçada e deram três tiros na barriga cheia dele e arrancaram com o carro.

— Quatro deles foram eletrocutados — eu disse, lembrando da história.

— Cinco com o Becker. — As narinas dele se voltaram para mim de modo interessado. — Pelo que sei o senhor procura uma gonegsão[20] de negócios.

A justaposição dessas duas observações foi surpreendente. Gatsby respondeu por mim:

— Ah, não — exclamou ele —, aquele é outro sujeito.

— Não?

O sr. Wolfshiem parecia decepcionado.

— Este é só um amigo. Eu te disse que íamos falar disso uma outra hora.

— Perdão — disse o sr. Wolfshiem —, confundi o senhor com outra pessoa.

Um suculento fricassé chegou, e o sr. Wolfshiem, esquecendo a atmosfera mais sentimental do antigo Metropole, começou a comer com uma delicadeza voraz. Seus olhos,

---

20 As alterações de grafia nas falas de Wolfshiem, no original, reproduzem o sotaque dos judeus nova-iorquinos.

enquanto isso, vagavam bem lentamente por toda a sala. Ele completou a volta se virando para inspecionar as pessoas que estavam logo atrás de si. Acho que, não fosse por minha presença, ele teria lançado um breve relance embaixo de nossa própria mesa.

— Olhe aqui, meu caro — disse Gatsby, inclinando-se na minha direção —, fiquei com receio de ter te aborrecido um pouco hoje de manhã no carro.

Lá estava o sorriso de novo, mas dessa vez eu resisti a ele.

— Não gosto de mistérios — respondi. — E não entendo por que você não me diz com franqueza o que quer. Por que isso tem que passar pela srta. Baker?

— Ah, não é nada secreto — ele me garantiu. — A srta. Baker é uma grande esportista, sabe, e ela jamais faria algo errado.

Subitamente ele olhou para seu relógio, levantou de um salto e saiu às pressas do salão, me deixando à mesa com o sr. Wolfshiem.

— Ele precisa usar o telefone — disse o sr. Wolfshiem, seguindo-o com os olhos. — Bom sujeito, não é? Aparência agradável e um perfeito cavalheiro.

— Sim.

— Estudou em Oggsford.

— Ah!

— Ele frequentou a Universidade de Oggsford, na Inglaterra. Conhece a Universidade de Oggsford?

— Já ouvi falar.

— É uma das universidades mais famosas do mundo.

— Há quanto tempo você conhece Gatsby? — perguntei.

— Muitos anos — ele respondeu com satisfação. — Tive o prazer de conhecê-lo logo depois da guerra. Mas eu sabia que tinha descoberto um sujeito de boa criação depois de falar com ele por uma hora. Eu disse para mim mesmo: "Esse é o tipo de sujeito que você iria gostar de levar para casa e de apresentar para a sua mãe e a sua irmã". — Ele fez uma pausa. — Vejo que você está olhando para minhas abotoaduras.

Eu não estava olhando para elas antes, mas então olhei. Elas eram compostas de pedaços estranhamente familiares de marfim.

— Os mais belos espécimes de molares humanos — ele me informou.

— Uau! — Eu as inspecionei. — Uma ideia muito interessante.

— Sim. — Ele dobrou as mangas para baixo do paletó. — É, Gatsby é muito cuidadoso com mulheres. Ele nunca nem olharia para a esposa de um amigo.

Quando o objeto dessa confiança instintiva voltou à mesa e se sentou, o sr. Wolfshiem tomou seu café com um movimento rápido e levantou-se.

— Meu almoço estava ótimo — disse ele. — E agora vou deixar vocês dois à vontade antes que eu abuse da sua hospitalidade.

— Não tenha pressa, Meyer — disse Gatsby, sem entusiasmo.

O sr. Wolfshiem ergueu a mão numa espécie de bênção.

— Você é muito educado, mas eu sou de outra geração — anunciou ele, solene. — Fiquem aí sentados e falem sobre esportes e sobre as namoradas de vocês e sua... — Ele citou um nome imaginário enquanto fazia mais um aceno com a mão — Quanto a mim, estou com cinquenta anos e não vou impor minha presença por mais tempo a vocês.

Enquanto ele apertava mãos e se virava para sair, seu nariz trágico tremia. Fiquei pensando se eu tinha dito algo que o ofendera.

— Ele fica muito sentimental às vezes — explicou Gatsby. — Está num de seus dias sentimentais. Ele é um personagem e tanto de Nova York, um morador da Broadway.

— Quem é ele afinal? Um ator?

— Não.

— Dentista?

— Meyer Wolfshiem? Não, ele é jogador. — Gatsby hesitou, depois acrescentou tranquilo: — Ele é o sujeito que manipulou o resultado do campeonato de beisebol em 1919.

— Manipulou o campeonato de beisebol? — repeti.

A ideia me deixou atônito. Claro que eu lembrava que o campeonato de beisebol fora manipulado em 1919, mas, se é que eu tinha pensado naquilo, eu tinha pensado como algo que simplesmente *acontecera*, como o resultado de uma cadeia inevitável de fatos. Jamais me ocorrera que um homem pudesse brincar com a fé de cinquenta milhões de pessoas, com a obstinação de um assaltante explodindo um cofre.

— Como foi que ele fez isso? — perguntei depois de um minuto.

— Ele simplesmente viu a oportunidade.

— Por que ele não está preso?

— Não vão conseguir pegar o Meyer, meu caro. Ele é um sujeito esperto.

Insisti em pagar a conta. Quando o garçom trouxe meu troco, vi Tom Buchanan do outro lado do salão lotado.

— Venha comigo um instante — eu disse. — Preciso cumprimentar alguém.

Quando nos viu, Tom se levantou rapidamente e deu meia dúzia de passos na nossa direção.

— Por onde você andou? — perguntou ele, avidamente. — A Daisy está furiosa porque você não ligou.

— Esse é o sr. Gatsby, sr. Buchanan.

Eles apertaram brevemente a mão um do outro, e um olhar tenso surgiu no rosto de Gatsby, uma expressão pouco familiar de constrangimento.

— Como você tem passado? — Tom me perguntou. — Por que veio num lugar tão longe para almoçar?

— Eu estava almoçando com o sr. Gatsby.

Eu me virei para o sr. Gatsby, mas ele já não estava mais ali.

* * *

Num dia de outubro de 1917...

(disse Jordan Baker naquela tarde, sentada muito ereta numa cadeira de espaldar reto no jardim de chá do Hotel Plaza)

...eu estava andando de um lado para o outro, ora pela calçada, ora pelos gramados. Eu ficava mais feliz nos gramados porque estava usando sapatos ingleses com pontas de borracha na sola e elas entravam um pouquinho no piso fofo. Eu estava com uma saia xadrez nova, que voava um pouco com o vento, e sempre que isso acontecia as bandeiras vermelhas, brancas e azuis em frente a todas as casas tremulavam e diziam *flut-flut-flut-flut* como se estivessem me censurando.

A maior das bandeiras e o maior dos gramados pertenciam à casa de Daisy Fay. Ela tinha só dezoito anos, dois a mais que eu, e era de longe a garota mais popular de Louisville. Ela se vestia de branco e tinha um carro branco, e o dia inteiro o telefone tocava na casa dela e jovens oficiais empolgados de Camp Taylor reivindicavam o privilégio de monopolizá-la naquela noite, "nem que seja por uma hora!".

Quando cheguei à frente da casa dela, do outro lado da rua, naquela manhã, o carro de Daisy estava ao lado do meio-fio, e ela estava ali com um tenente que eu nunca tinha visto antes. Estavam tão absortos que ela só me viu quando eu cheguei a um metro e meio dela.

— Olá, Jordan — ela me chamou inesperadamente. — Por favor, venha aqui.

Fiquei lisonjeada por Daisy querer falar comigo, porque de todas as garotas ela era a que eu mais admirava. Ela me perguntou se eu estava indo para a Cruz Vermelha fazer curativos. Eu estava. Bom, nesse caso, será que eu podia avisar que naquele dia ela não poderia ir? O oficial olhava para Daisy enquanto ela falava, de um jeito que toda moça deseja ser olhada ao menos uma vez e, como aquilo me pareceu romântico, eu me lembro até hoje. O nome dele era Jay Gatsby e eu não o vi mais por quatro anos — mesmo depois de o encontrar em Long Island, não percebi que era o mesmo homem.

Isso foi em 1917. No ano seguinte eu mesma tive alguns namorados, e comecei a jogar em torneios, por isso não vi Daisy com a mesma frequência. Ela estava saindo com um pessoal um pouco mais velho — isso quando saía com alguém. Havia boatos estranhos sobre ela — a mãe teria pegado Daisy fazendo as malas numa noite de inverno para ir a Nova York se despedir de um soldado que ia sair do país. Conseguiram impedi-la, mas ela deixou de falar com a própria família por semanas. Depois disso ela não andava mais com soldados, só com uns sujeitos de pé chato e míopes da cidade, que não tinham como entrar no Exército.

No outono seguinte ela voltou a ficar feliz, feliz como nunca. Fez uma festa de debutante depois do Armistício, e em fevereiro supostamente noivou com um sujeito de Nova Orleans. Em junho ela se casou com Tom Buchanan, de Chicago, com pompa e circunstância jamais vistos em Louisville. Ele apareceu com cem pessoas em quatro vagões particulares e alugou um andar inteiro do Hotel Seelbach, e no dia anterior ao casamento lhe deu um colar de pérolas avaliado em 350 mil dólares.

Eu fui dama de honra. Entrei no quarto da Daisy meia hora antes do jantar, na véspera do casamento, e ela estava deitada na cama, bonita como a noite de junho, com um vestido florido — e bêbada como um gambá. Tinha uma garrafa de vinho francês em uma mão e uma carta na outra.

— Me dê os parabéns — ela murmurou. — Nunca tinha bebido antes, mas, ah, como é gostoso.

— Qual é o problema, Daisy?

Tenho que dizer que eu estava assustada; nunca tinha visto uma garota daquele jeito.

— Toma aqui, querida. — Ela tateou uma cesta de lixo que estava ao lado dela na cama e tirou de lá o colar de pérolas. — Leva isso lá pra baixo e devolve pro dono. Diz que a Daisy mudou de ideia. Diz "A Daisy mudou de ideia!".

Ela começou a chorar — chorou, chorou muito. Saí correndo e encontrei a empregada da mãe dela e trancamos a porta e demos um banho frio na Daisy. Ela não soltava a carta. Levou-a para a banheira e a amassou até virar uma bola molhada e só me deixou colocá-la na saboneteira quando viu que estava virando pedacinhos de neve.

Mas não disse mais nada. Demos amônia para ela cheirar e colocamos gelo na sua testa e pusemos o vestido dela de volta e, meia hora depois, quando saímos do quarto, as pérolas estavam em seu pescoço e o incidente tinha acabado. No dia seguinte, às cinco da tarde, ela se casou com Tom Buchanan sem um arrepio sequer e partiu para uma viagem de três meses pelos mares do Sul.

Vi os dois em Santa Barbara quando eles voltaram e achei que nunca tinha visto uma mulher tão apaixonada pelo marido. Se ele saía de perto por um instante, ela olhava nervosa ao redor e perguntava "Aonde o Tom foi?", e dava para perceber pela expressão dela que ficava totalmente distraída até ver que ele estava chegando. Muitas vezes ela ficava sentada na praia com a cabeça dele no colo, passando os dedos sobre os olhos dele o tempo todo e olhando-o com um prazer inexplicável. Era comovente ver os dois juntos — aquilo fazia a gente rir de um jeito silencioso, fascinado. Isso foi em agosto. Certa noite, uma semana depois que fui embora de Santa Barbara, Tom bateu numa carroça, na estrada de Ventura, e arrancou uma roda dianteira do carro. A garota que estava com ele também foi parar nos jornais por ter quebrado um braço, era uma das camareiras do Hotel Santa Barbara.

Em abril do ano seguinte Daisy teve uma filha e eles passaram um ano na França. Encontrei com eles numa primavera em Cannes e depois em Deauville e então voltaram para morar em Chicago. Daisy era popular em Chicago, como você sabe. Eles andavam com um pessoal que adorava festas, todos jovens e ricos e excêntricos, mas nada disso abalou a reputação dela. Talvez seja porque não bebe. É uma grande vantagem não beber quando você está no meio de gente que bebe muito. Você consegue controlar o que diz e, além disso, pode deixar para cometer qualquer irregularidade quando todo mundo já estiver cego o bastante para não ver ou não se importar. Talvez Daisy nunca tenha se casado por amor — e, no entanto, tem alguma coisa naquela voz dela...

Bom, umas seis semanas atrás, ela ouviu o nome Gatsby pela primeira vez em anos. Foi quando eu te perguntei — lembra? — se você conhecia Gatsby, de West Egg. Depois que você foi embora, ela entrou no meu quarto, me acordou, e disse: "Qual Gatsby?" e quando eu o descrevi — eu estava meio dormindo — ela disse numa voz muito estranha que devia ser o sujeito que ela conhecia. Só aí eu associei esse Gatsby com o oficial no carro branco dela.

* * *

Quando Jordan Baker terminou de me contar tudo isso, nós já tínhamos saído do Plaza fazia uma meia hora e estávamos numa carruagem passeando pelo Central Park. O sol tinha baixado e estava atrás dos apartamentos altos das estrelas de cinema, na altura da Rua Cinquenta, e a voz nítida das moças, já reunidas como grilos na grama, subia cortando o calor do crepúsculo:

I'm the sheik of Araby,
your love belongs to me.
At night when you're asleep
Into your tent I'll creep...[21]

---

[21] Trecho de uma música de 1921, "The Sheik of Araby", com melodia de Ted Snyder e letra de Harry B. Smith e Francis Wheeler, inspirada no filme *Paixão de bárbaro* (1921). Em tradução livre: "Eu sou o xeique da Arábia, / o teu amor pertence a mim. / À noite quando você dormir, / Eu vou entrar em sua tenda...".

— Foi uma estranha coincidência — eu disse.

— Mas não foi coincidência.

— Por que não?

— Gatsby comprou aquela casa para que Daisy sempre estivesse a uma baía de distância.

Então não era só nas estrelas que ele estava pensando naquela noite de junho. Para mim foi naquele momento que ele ganhou vida, nascido subitamente do ventre de seu esplendor despropositado.

— Ele quer saber... — prosseguiu Jordan — se você pode convidar a Daisy para ir à sua casa uma tarde e depois deixar que ele apareça lá.

A simplicidade do pedido me abalou. Ele tinha esperado cinco anos e comprado uma mansão, onde servia a luz das estrelas a mariposas aleatórias, para que numa tarde qualquer ele pudesse "aparecer" no jardim de um desconhecido.

— Eu tinha que saber disso tudo para ele pedir algo tão simples?

— Ele está com medo. Esperou tanto tempo. Achou que você podia ficar ofendido. Entenda que no fundo disso tudo ele é só mais um sujeito durão.

Uma coisa me preocupava.

— Por que ele não pediu que você marcasse um encontro?

— Ele quer que Daisy veja a casa dele — Jordan explicou. — E a sua casa fica logo ao lado.

— Ah!

— Acho que ele meio que esperava que ela fosse a uma das festas numa noite qualquer — prosseguiu Jordan —, mas isso nunca aconteceu. Então ele começou a perguntar casualmente às pessoas se alguém a conhecia, e eu fui a primeira que ele encontrou. Foi naquela noite que ele pediu para me chamarem no meio do baile, e você devia ter escutado as voltas que ele fez até chegar ao assunto. Claro, na hora sugeri um almoço em Nova York, e achei que ele fosse enlouquecer. "Não quero fazer nada que fique parecendo forçado!", ele dizia. "Quero me encontrar com ela bem aqui ao lado." Quando eu disse que você é amigo de Tom, ele começou a abandonar a ideia. Ele não sabe muito sobre o Tom, embora diga que por anos leu um jornal de Chicago na esperança de esbarrar por acaso no nome da Daisy.

Agora estava escuro e, enquanto mergulhávamos sob uma ponte, pus meu braço em volta dos ombros dourados de Jordan, puxei-a para perto de mim e convidei-a para jantar. De repente eu não estava mais pensando em Daisy e Gatsby, mas sim naquela pessoa pura, firme e limitada, envolta num ceticismo universal e que se reclinou alegremente dentro do círculo formado por meu braço. Uma frase começou a martelar em meus ouvidos com uma espécie de entusiasmo inebriante: "Só existem os perseguidos, os perseguidores, os ativos e os exaustos".

— E Daisy deveria ter algo na vida dela — Jordan murmurou para mim.

— Ela quer ver Gatsby?

— Não é para ela saber disso. Gatsby não quer que ela saiba. Você deve simplesmente convidá-la para um chá.

Passamos por uma barreira de árvores escuras, e depois a fachada da Rua Cinquenta e Nove, um bloco de luz pálida e delicada, brilhou sobre o parque. Ao contrário de Gatsby e de Tom Buchanan, eu não tinha nenhuma mulher cujo rosto incorpóreo flutuasse pelos escuros beirais e letreiros ofuscantes e por isso puxei para mais perto a garota ao meu lado, estreitando meu abraço. A boca pálida e irônica dela sorriu e eu a puxei ainda mais para perto, dessa vez na direção do meu rosto.

Capítulo 5

Naquela noite, quando cheguei a West Egg, por um momento tive medo de que minha casa estivesse pegando fogo. Eram duas da manhã e toda a extremidade da península resplandecia com uma luz que recaía de modo irreal sobre os arbustos, criando brilhos finos e longos sobre os cabos à beira da estrada. Ao virar uma esquina, vi que era a casa de Gatsby, iluminada desde a torre até o porão.

No começo achei que fosse mais uma festa, um grande alvoroço que havia se transformado em "esconde-esconde" com toda a casa escancarada para a brincadeira. Mas não havia som nenhum. Apenas o vento, que soprava os cabos nas árvores e fazia as luzes apagarem e acenderem, como se a casa tivesse piscado na escuridão. Enquanto meu táxi se afastava gemendo, vi Gatsby andando na minha direção, atravessando o seu gramado.

— Sua casa está parecendo a Feira Mundial — eu disse.

— Verdade? — Ele virou os olhos distraído para a casa. — Eu estava dando uma olhada em alguns cômodos. Vamos para Coney Island[22], meu caro. No meu carro.

— Está muito tarde.

— Bom, e se a gente desse um mergulho? Não usei a piscina o verão inteiro.

---

22 Coney Island é um bairro do Brooklyn, em Nova York, conhecido por seu píer e parques de diversão.

— Preciso ir dormir.

— Tudo bem.

Ele esperou, olhando para mim com uma impaciência contida.

— Falei com a srta. Baker — eu disse depois de um momento. — Vou ligar amanhã para a Daisy e convidá-la para vir tomar chá.

— Ah, tudo bem — ele disse com um ar desinteressado. — Não quero criar problema para você.

— Que dia seria melhor para você?

— Que dia seria melhor para *você*? — ele me corrigiu rapidamente. — Não quero criar problema para você, entende?

— Que tal depois de amanhã?

Ele pensou por um momento. Depois, relutante:

— Eu queria mandar cortar a grama.

Nós dois olhamos para a grama; havia uma nítida linha onde acabava meu gramado imperfeito e começava o dele, mais escuro e bem cuidado. Suspeitei que ele estava falando da minha grama.

— Tem mais uma coisinha — ele disse sem muita certeza, e hesitou.

— Você prefere adiar por uns dias? — perguntei.

— Ah, não é isso. Pelo menos... — Ele testou uma série de começos. — Bom, eu pensei... Bom, olha só, meu caro, você não ganha muito dinheiro, não é?

— Não muito.

Isso pareceu tranquilizá-lo e ele continuou com mais confiança.

— Eu achei que não mesmo, se é que você desculpa o meu... Veja só, eu tenho um pequeno negócio à parte, uma espécie de negócio paralelo, você entende? E pensei que, se você não está ganhando muito bem... Você está vendendo ações, não é, meu caro?

— Tentando.

— Bom, isso vai te interessar. Não tomaria muito tempo e você pode ganhar um bom dinheiro. É um tipo de coisa bem sigilosa.

Percebo agora que em circunstâncias diferentes essa conversa poderia ter se transformado em um problema para a minha vida. Mas como a oferta foi feita de maneira óbvia e desajeitada em troca de um serviço que ele desejava que eu prestasse, não tive escolha senão interrompê-lo.

— Estou muito ocupado no momento — eu disse. — Agradeço muito, mas não tenho como pegar mais coisas para fazer.

— Você não precisaria trabalhar com o Wolfshiem.

Evidentemente ele achou que eu estava evitando a "gonegsão" citada durante o almoço, porém garanti que ele estava enganado. Ele esperou mais um momento, torcendo para que eu desse início a uma conversa, mas eu estava absorto demais para reagir e, sendo assim, ele foi para casa, a contragosto.

A noite tinha me deixado aéreo e feliz; acho que caí num sono profundo assim que passei pela porta de casa. Por isso não sei se Gatsby foi ou não para Coney Island ou por quantas horas ficou "dando uma olhada em alguns cômodos" enquanto a casa seguia resplandecendo espalhafatosamente. Na manhã seguinte liguei para Daisy do escritório e a convidei para um chá.

— Não traga o Tom — alertei.

— O quê?

— Não traga o Tom.

— Quem é Tom? — ela perguntou inocentemente.

No dia combinado, chovia a cântaros. Às onze horas, um sujeito de capa de chuva arrastando um cortador de grama bateu à minha porta e disse que o sr. Gatsby mandou ele aparar minha grama. Isso me fez lembrar que eu tinha esquecido de dizer para a minha finlandesa voltar, por isso fui dirigindo até West Egg Village para procurá-la em meio a encharcadas alamedas caiadas e para comprar xícaras e limões e flores.

As flores foram desnecessárias, pois às duas chegou uma estufa da casa de Gatsby, contida em inúmeros receptáculos. Uma hora depois a porta se abriu nervosamente, e, num terno branco de flanela, camisa prata e gravata dourada, Gatsby entrou às pressas. Estava pálido, e sob os seus olhos havia negros sinais de insônia.

— Está tudo certo? — perguntou imediatamente.

— A grama está com uma aparência ótima, se é que é disso que você está falando.

— Que grama? — ele perguntou inexpressivo. — Ah, a grama do jardim.

Ele olhou pela janela para ver a grama, mas, a julgar por sua expressão, acho que não viu nada.

— Está ótimo — ele observou vagamente. — Um dos jornais disse que a chuva ia parar lá pelas quatro. Acho que vi isso no *The Journal*. Você tem tudo que precisa para... para o chá?

Eu o levei até a despensa, onde ele olhou com certo ar de censura para a finlandesa. Juntos inspecionamos os doze bolinhos de limão trazidos da confeitaria.

— Será que é suficiente? — perguntei.

— Claro, claro! Estão ótimos! — E acrescentou de um modo vazio: — ...meu caro.

A chuva diminuiu lá pelas três e meia, transformando-se numa névoa úmida atravessada ocasionalmente por gotas finas que nadavam como orvalho. Gatsby passou seus olhos distraídos por um exemplar do livro *Economia* de Clay, assustado com os passos finlandeses que abalavam o piso da cozinha e olhando de tempos em tempos na direção das janelas embaçadas, como se lá fora estivesse se desenrolando uma série de acontecimentos invisíveis porém alarmantes. Finalmente ele se levantou e me informou com voz insegura que estava indo para casa.

— Por quê?

— Não vem ninguém para o chá. Já está muito tarde! — Ele olhou para seu relógio como se algo urgente exigisse sua presença em outro lugar. — Não posso esperar o dia todo.

— Não seja tolo. Ainda faltam dois minutos para as quatro.

Ele se sentou, com um ar infeliz, como se eu o tivesse empurrado, e ao mesmo tempo ouviu-se o som de um motor na entrada para carros. Nós dois ficamos de pé imediatamente e, mesmo um pouco angustiado, saí para o jardim.

Sob os lilases gotejantes, chegava um grande carro conversível. Ele parou. O rosto de Daisy, inclinado sob um chapéu lavanda de três pontas, olhou para mim com um sorriso brilhante, em êxtase.

— Essa realmente é a sua casa, meu querido?

O ondular excitante da voz dela foi um tremendo tônico sob aquela chuva. Precisei seguir seu som por um momento, com seus altos e baixos, apenas com meus ouvidos antes que alguma palavra chegasse a mim. Uma mecha de cabelo molhado parecia uma faixa de tinta azul cruzando-lhe o rosto, e quando a ajudei a sair do carro, sua mão estava molhada por gotas cintilantes.

— Você está apaixonado por mim — ela disse baixinho no meu ouvido — ou tem algum outro motivo para me mandar vir sozinha?

— Esse é o segredo do Castelo Rackrent[23]. Diga ao motorista para dar um passeio e voltar em uma hora.

— Volte daqui a uma hora, Ferdie. — Depois, murmurando com seriedade: — O nome dele é Ferdie.

— A gasolina afeta o nariz dele?

— Acho que não — ela disse inocente. — Por quê?

Entramos. Para minha surpresa, a sala estava vazia.

— Que engraçado! — exclamei.

— O que é engraçado?

---

23 *O Castelo Rackrent* é um romance de Maria Edgeworth (1768–1849), considerado um dos primeiros a usar o recurso do narrador observador e não confiável.

Ela virou a cabeça ao ouvir uma batida leve e cerimoniosa na porta da frente. Saí e abri. Gatsby, pálido como a morte, com as mãos mergulhadas como pesos nos bolsos do paletó, estava parado em uma poça d'água me encarando com um olhar trágico.

Ainda com as mãos nos bolsos, ele passou por mim e entrou no vestíbulo, virou bruscamente como se estivesse sobre uma corda bamba e desapareceu sala de estar adentro. Não foi nem um pouco engraçado. Consciente de que meu coração batia forte, fechei a porta contra a chuva que aumentava.

Durante meio minuto não houve som nenhum. Depois percebi vindo da sala uma espécie de murmúrio sufocado e um pouco de riso, seguido da voz de Daisy soando uma nota claramente artificial.

— Estou mesmo muito feliz de ver você de novo.

Uma pausa; a duração dessa pausa foi terrível. Eu não tinha nada para fazer no vestíbulo, por isso entrei na sala.

Gatsby, ainda com as mãos nos bolsos, estava reclinado contra a lareira, numa tensa simulação de tranquilidade absoluta, até mesmo de tédio. A cabeça estava tão recostada para trás que repousou sobre um falecido relógio, e dessa posição seus olhos perturbados encaravam Daisy, que estava assustada, porém graciosa, sentada na beira de uma cadeira.

— Nós já nos conhecíamos — murmurou Gatsby.

Os olhos dele se voltaram para mim por um momento e seus lábios se entreabriram numa tentativa abortada de sorriso. Por sorte o relógio aproveitou esse momento para se inclinar perigosamente com a pressão que a cabeça dele fazia, o que o levou a se virar, pegá-lo com dedos trêmulos e recolocá-lo no lugar. Depois, ele sentou-se, rígido, com o cotovelo no braço do sofá e o queixo sobre a mão.

— Desculpe pelo relógio — disse.

Meu rosto agora também assumira a cor de um bronzeado tropical. Eu não conseguia enunciar nenhum dos mil clichês que passavam pela minha cabeça.

— É um relógio velho — eu disse, de um jeito meio idiota.

Acho que nós três pensamos por um momento que o relógio tinha se espatifado no chão.

— Fazia anos que a gente não se via — disse Daisy, com um tom de voz tão indiferente quanto possível.

— Vai fazer cinco anos em novembro.

O caráter automático da resposta de Gatsby nos deixou pelo menos mais um minuto em suspensão. Fiz os dois se levantarem ao recorrer à sugestão desesperada de que eles me ajudassem a fazer chá na cozinha, quando a demoníaca finlandesa trouxe tudo numa bandeja.

Em meio à bem-vinda confusão de xícaras e bolos, estabeleceu-se certa decência física. Gatsby ficou quieto e, enquanto Daisy e eu conversávamos, se sujeitou a olhar de um para outro com olhos tensos e infelizes. No entanto, como o objetivo não era exatamente manter o ambiente calmo, na primeira oportunidade inventei um pretexto e me levantei.

— Aonde você vai? — perguntou Gatsby imediatamente alarmado.

— Já volto.

— Tenho que falar com você antes.

Ele me seguiu descontroladamente até a cozinha, fechou a porta e sussurrou: "Ah, meu Deus!" de um jeito completamente consternado.

— Qual é o problema?

— Isso é um erro terrível — ele disse, sacudindo a cabeça de um lado para o outro —, um erro terrível, terrível.

— Você só está constrangido — E por sorte acrescentei: — A Daisy também está constrangida.

— Ela está constrangida? — ele repetiu incrédulo.

— Tanto quanto você.

— Não fale tão alto.

— Você está agindo como um garotinho — eu disse com impaciência. — Mais do que isso, está sendo rude. A Daisy está sentada sozinha na sala.

Ele ergueu a mão para me fazer parar de falar, me lançou um inesquecível olhar de censura e, abrindo a porta com cautela, voltou para o outro cômodo.

Saí pelos fundos — do mesmo modo que Gatsby fez quando contornou nervosamente a casa meia hora antes — e corri para uma imensa árvore negra e cheia de nós, cuja folhagem densa tecia uma proteção contra a chuva. Chovia forte outra vez e meu gramado irregular, bem cortado pelo jardineiro de Gatsby, abundava em pequenas poças de lama e pântanos pré-históricos. Sob a árvore não havia nada para olhar, exceto a imensa casa de Gatsby, portanto olhei para ela, como Kant costumava olhar para o campanário de sua igreja, por meia hora.[24] Um cervejeiro a construíra durante a mania das casas "de época" uma década antes, e diziam que ele tinha concordado em pagar os impostos das casas dos vizinhos por cinco anos caso os proprietários aceitassem cobrir seus telhados com palha.[25] Talvez a recusa deles tenha acabado com o ponto central do plano dele de Fundar uma Família — ele entrou em decadência imediatamente. Seus filhos venderam a casa com a coroa de flores ainda na porta. Os norte-americanos, embora por vezes estejam dispostos a ser servos, sempre se recusaram obstinadamente a ser camponeses.

Depois de meia hora o sol voltou a brilhar e o carro do armazém entrou no terreno de Gatsby com a matéria-prima para o jantar dos criados — eu tinha certeza de que não era ele que ia comer aquilo. Uma empregada começou a abrir as janelas do andar superior, aparecendo por um momento em cada uma delas e, inclinando-se de uma sacada central, cuspiu meditativamente no jardim. Era hora de eu voltar. Enquanto chovia, a chuva parecia o murmúrio das vozes deles, crescendo e se elevando um pouco, de vez em quando, com rajadas de emoção. Porém em meio ao novo silêncio, percebi que o silêncio também tomara conta da casa.

---

24 Immanuel Kant (1724–1804) foi um filósofo prussiano, considerado uma das figuras mais importantes do Iluminismo. Acredita-se que ele costumava contemplar um campanário enquanto tecia suas reflexões.
25 Cobrir os telhados das casas vizinhas com palha serviria para complementar o estilo da mansão, fazendo-as parecer os casebres de um reino.

Entrei — depois de fazer todos os barulhos possíveis, só faltando arrastar o fogão —, mas acredito que eles não tenham ouvido nada. Estavam sentados cada um numa ponta do sofá, se olhando como se alguma pergunta tivesse sido feita ou estivesse no ar, e todos os vestígios de constrangimento haviam ido embora. O rosto de Daisy estava manchado por lágrimas, e quando entrei ela rapidamente ficou em pé e começou a secá-las com um lenço diante de um espelho. Mas a transformação que ocorrera em Gatsby era muito intrigante. Ele literalmente brilhava; sem que houvesse uma única palavra ou um único gesto de exultação, um novo bem-estar irradiava dele e preenchia a pequena sala.

— Ah, olá, meu caro — disse ele como se não me visse há anos. Achei por um momento que ia apertar minha mão.

— Parou de chover.

— Parou? — Quando se deu conta do que eu estava falando, de que havia na sala raios de sol brilhando como sinos, ele sorriu como um meteorologista, como o extasiado padroeiro da luz recorrente, e repetiu a novidade para Daisy. — Viu só? Parou de chover.

— Fico feliz, Jay.

As cordas vocais dela, cheias de uma beleza sofrida e triste, davam sinais apenas de sua inesperada alegria.

— Quero que você e a Daisy venham à minha casa — disse ele. — Queria mostrar o lugar para ela.

— Tem certeza de que você quer que eu vá?

— Absoluta, meu caro.

Daisy subiu para lavar o rosto — pensei humilhado nas minhas toalhas, mas era tarde demais — enquanto Gatsby e eu esperávamos no gramado.

— Minha casa está bonita, não? — ele perguntou. — Veja como toda a fachada pega luz.

Concordei que ela era esplêndida.

— Sim. — Os olhos dele passearam pela casa, vendo cada porta arqueada e cada torre quadrangular. — Só precisei de três anos para juntar o dinheiro que usei para comprar essa casa.

— Achei que você tinha herdado o seu dinheiro.

— Herdei, meu caro — ele disse automaticamente —, mas perdi quase tudo no grande pânico, o pânico da guerra.

Acho que ele mal tinha ideia do que estava falando, pois quando perguntei com o que ele trabalhava, ele disse "Isso é da minha conta", antes de perceber que a resposta não era adequada.

— Ah, já fiz de tudo — ele se corrigiu. — Já estive na indústria farmacêutica e no setor de petróleo. Mas agora não estou trabalhando com nada disso. — Olhou para mim com mais atenção. — Você está querendo me dizer que andou pensando no que eu te propus esses dias?

Antes que eu pudesse responder, Daisy saiu da casa e duas fileiras de botões de latão do vestido dela brilharam ao sol.

— Aquela casa imensa *ali*? — gritou ela, apontando.
— Você gostou?
— Adorei, mas não sei como você mora ali sozinho.

— Mantenho a casa sempre cheia de gente interessante, dia e noite. Gente que faz coisas interessantes. Gente famosa.

Em vez de pegar o atalho ao longo do estuário, fomos pela rua e entramos pela grande porta na muralha. Com murmúrios encantadores, Daisy admirou um ou outro aspecto da silhueta feudal contra o céu, admirou os jardins, o aroma reluzente dos junquilhos e o aroma superficial dos espinheiros e das ameixeiras em flor e o aroma palidamente dourado das madressilvas. Foi estranho chegar aos degraus de mármore e não encontrar a agitação de vestidos brilhantes entrando e saindo pela porta, e não ouvir nenhum som senão o do canto dos pássaros nas árvores.

E lá dentro, enquanto passeávamos por salas de música *à la* Maria Antonieta e salões da Restauração[26], tive a impressão de que havia convidados escondidos atrás de cada sofá e de cada mesa, obedecendo a ordens de ficar sem respirar e em silêncio até que terminássemos de passar. Quando Gatsby fechou a porta da "Biblioteca da Faculdade Merton", eu poderia jurar que tinha ouvido o sujeito de olhos de coruja irromper numa gargalhada fantasmagórica.

---

26 Maria Antonieta (1755-1793), excêntrica esposa do rei Luís XVI (1754-1793), foi guilhotinada durante o Período do Terror da Revolução Francesa. Após décadas de expansão do império francês sob o domínio de Napoleão I, a Restauração (1814-1830) foi o intervalo em que a dinastia Bourbon reocupou o trono.

Fomos para o andar de cima, passando por quartos de época envoltos em seda rosa e cor de lavanda, cheios de vida graças às flores frescas, passamos por quartos de vestir e salas de bilhar, e por banheiros com banheiras abaixo do nível do piso — e nos intrometemos num quarto em que um sujeito desgrenhado, de pijama, fazia exercícios para o fígado, no chão. Era o sr. Klipspringer, o "hóspede". Eu o tinha visto perambulando avidamente pela praia naquela manhã. Por fim, chegamos aos aposentos do próprio Gatsby, um quarto e um banheiro e um escritório em estilo neoclássico, onde sentamos e tomamos uma taça de algum Chartreuse que ele pegou de uma cristaleira na parede.

Ele não tirara os olhos de Daisy nem por um minuto, e acredito que estava reavaliando tudo o que havia na casa de acordo com a resposta que cada item recebia dos amados olhos dela. Às vezes, também, ele olhava ao redor para seus pertences um tanto atônito, como se, diante da presença verdadeira e assombrosa dela, nada daquilo fosse real. Em determinado momento, ele quase desceu rolando um lance de escadas.

O quarto dele era o mais simples de todos — exceto pelo fato de a cômoda conter um conjunto de escova, pente, tesoura de unhas de puro ouro fosco. Extasiada, Daisy pegou a escova e passou em seus cabelos, o que levou Gatsby a se sentar e cobrir os olhos com as mãos, rindo.

— É engraçado, meu caro — disse ele, rindo muito. — Eu não consigo... quando tento...

Era visível que ele já tinha passado por dois estados de espírito e estava entrando no terceiro. Depois do constrangimento e da alegria irracional, ele agora estava tomado pelo espanto da presença dela. Gatsby fora dominado pela ideia por tanto tempo, tinha sonhado com aquilo em detalhes, do começo ao fim, esperado com a faca nos dentes, por assim dizer, com um grau inconcebível de intensidade. Agora, reagia acelerado como um relógio a quem tinham dado corda demais.

Recuperando-se num minuto, ele abriu para nós dois imponentes armários em que guardava uma quantidade enorme de ternos e roupões e gravatas e suas camisas, empilhadas às dúzias, como tijolos.

— Arranjei um sujeito na Inglaterra que compra roupas para mim. Ele manda uma seleção de coisas no começo de cada estação, na primavera e no outono.

Pegou uma pilha de camisas e começou a atirá-las, uma a uma, diante de nós, camisas de linho puro e de uma seda densa e de flanela de qualidade, que perdiam os vincos ao cair e que cobriram a mesa com uma confusão multicolorida. Enquanto olhávamos admirados, ele trouxe mais camisas e a montanha macia e abundante se tornava cada vez mais alta — camisas com listras e arabescos e xadrezes nas cores coral e verde-maçã e lavanda e laranja-claro, com monogramas em azul. De súbito, com um som tenso, Daisy colocou a cabeça sobre as camisas e começou a chorar desesperadamente.

— As camisas são tão lindas — ela soluçava, com a voz abafada pelas densas camadas de tecido. — Isso me deixa triste porque eu nunca vi... camisas tão lindas antes.

* * *

Depois da casa, fomos ver o terreno e a piscina e o hidroplano e as flores de verão — porém, do lado de fora da janela de Gatsby começou a chover de novo e por isso ficamos parados olhando para a superfície ondulada das águas do estuário.

— Se não fosse pela névoa daria para ver sua casa do outro lado da baía — disse Gatsby. — Você sempre fica com uma luz verde ardendo a noite toda na extremidade do cais.

Daisy acomodou seu braço abruptamente no de Gatsby, mas ele parecia absorto pelo que acabara de dizer. É possível que tenha se dado conta de que a importância colossal daquela luz tinha desaparecido para sempre. Comparada à imensa distância que o havia separado de Daisy, aquela luz lhe dera a sensação de estar muito próximo dela, como se ele a estivesse quase tocando. Parecia tão perto quanto uma estrela da Lua. Agora aquilo voltava a ser uma luz verde num cais. A coleção de objetos encantados dele acabava de perder um item.

Comecei a andar pelo quarto, examinando vários objetos indefinidos na semiescuridão. Fui atraído por uma grande fotografia de um homem idoso em trajes de iatismo, pendurada na parede atrás da escrivaninha.

— Quem é esse?

— Esse? Esse é o meu amigo Dan Cody, meu caro.

O nome soava ligeiramente familiar.

— Ele já morreu. Foi meu melhor amigo, uns anos atrás.

Havia um pequeno retrato de Gatsby, também em trajes de iatismo, na escrivaninha — Gatsby com a cabeça erguida com um ar desafiador — tirado aparentemente quando ele tinha uns dezoito anos.

— Adorei! — exclamou Daisy. — E esse corte de cabelo *pompadour*! Você nunca me disse que usou um *pompadour*. Nem que tinha um iate.

— Veja isso — disse Gatsby rapidamente. — Tem um monte de recortes aqui... sobre você.

Eles ficaram lado a lado, examinando. Eu ia pedir para ver os rubis quando o telefone tocou e Gatsby atendeu.

— Sim... Bom, não posso falar agora... Não posso falar agora, meu caro... Eu disse uma cidade *pequena*... Ele deve saber o que é uma cidade pequena... Bom, ele não vai ser útil para nós se a ideia que ele tem de uma cidade pequena é Detroit...

Ele desligou.

— Venha aqui *rápido*! — gritou Daisy na janela.

A chuva continuava, mas a escuridão havia se dissipado a oeste, e havia uma onda dourada de nuvens fofas sobre o mar.

— Olhe aquilo — ela sussurrou e, depois de um momento: — Eu queria pegar uma daquelas nuvens cor-de-rosa e colocar você nela e te arrastar por aí.

Tentei ir embora, mas eles não aceitavam que eu fosse; pode ser que minha presença lhes desse uma sensação mais satisfatória de solidão.

— Já sei o que vamos fazer — disse Gatsby. — Vamos pedir para Klipspringer tocar piano.

Ele saiu do quarto gritando "Ewing!" e voltou minutos depois acompanhado por um rapaz constrangido, ligeiramente debilitado, com óculos de armação de tartaruga e ralos cabelos loiros. Ele agora estava decentemente vestido com uma "camisa esportiva" aberta no pescoço, tênis e calças de algodão de um tom nebuloso.

— Nós interrompemos seus exercícios? — perguntou Daisy educadamente.

— Eu estava dormindo — disse o sr. Klipspringer, num espasmo de constrangimento. — Quer dizer, eu *tinha* dormido. Depois acordei...

— Klipspringer toca piano — disse Gatsby, cortando-o. — Não é verdade, Ewing, meu caro?

— Eu não toco bem. Eu não... na verdade eu mal posso dizer que toco. Não tenho trein...

— Vamos descer — interrompeu Gatsby.

Ele mexeu numa chave. As janelas cinzentas desapareceram e a casa brilhou iluminada.

Na sala de música, Gatsby ligou uma lâmpada solitária ao lado do piano. Acendeu o cigarro de Daisy com um fósforo trêmulo e sentou-se com ela num sofá do outro lado da sala, onde só havia a luz refletida no chão vinda do saguão.

Depois de tocar "The Love Nest", Klipspringer se virou no banco, infeliz, procurando Gatsby em meio à escuridão.

— Não tenho praticado, sabe. Eu disse que não sei tocar. Não tenho trein...

— Não fale tanto, meu caro — determinou Gatsby. — Toque!

In the morning,
In the evening,
Ain't we got fun...

Do lado de fora, o vento soprava alto e havia um leve fluxo de trovões ao longo do estuário. Todas as luzes estavam sendo acesas em West Egg naquele momento; os trens elétricos, carregando homens, corriam para casa atravessando a chuva de Nova York. Era a hora de uma profunda transformação humana, e a empolgação ia sendo gestada no ar.

One thing's sure and nothing's surer
The rich get richer and the poor get... children.
In the meantime,
In between time...[27]

Quando me aproximei para dizer tchau, vi que a expressão de perplexidade voltara ao rosto de Gatsby, como se ele estivesse tendo uma leve dúvida quanto à natureza

---

27 Trechos de "Ain't We Got Fun", foxtrote popular de 1921, composto por Richard A. Withing com letra de Raymond B. Egan e Gus Kahn. Os dois trechos, em tradução livre: "De manhã / de noite / a gente se diverte..."; "Uma coisa é certa e nada é mais certo / Os ricos cada vez têm mais dinheiro e os pobres cada vez têm mais... filhos / Enquanto isso, / No meio-tempo...".

de sua atual felicidade. Quase cinco anos! Mesmo naquela tarde, provavelmente houve momentos em que a Daisy não correspondeu ao sonho de Gatsby — não por culpa dela, mas pela colossal vitalidade da ilusão dele. Aquilo tinha ultrapassado as possibilidades dela, tinha ultrapassado quaisquer possibilidades. Ele se precipitara naquilo com uma paixão criativa, dilatando aquele sonho o tempo todo, enfeitando-o com cada pluma cintilante que passava por seu caminho. Não há fogo ou frescor suficientes para competir com o que um homem é capaz de armazenar nos espectros de seu coração.

Enquanto eu o olhava, Gatsby se ajeitou um pouco, visivelmente. A mão dele segurou a de Daisy e, quando ela disse algo baixinho no ouvido dele, ele se virou para ela com uma carga de emoção. Acho que aquela voz era o que mais o dominava, com seu calor flutuante e febril, porque não havia sonho capaz de superá-la — aquela voz era uma canção imortal.

Eles haviam me esquecido, mas Daisy olhou para cima e estendeu sua mão; Gatsby agora nem sequer me conhecia. Eu os olhei mais uma vez e eles me olharam remotamente, possuídos pela intensidade da vida. Então saí da sala e desci os degraus de mármore rumo à chuva, deixando-os juntos.

Capítulo 6

Mais ou menos por essa época, um jovem e ambicioso repórter de Nova York chegou certa manhã à porta de Gatsby e perguntou se ele tinha algo a dizer.

— Algo a dizer sobre o quê?

— Ora, uma declaração que o senhor queira dar.

Depois de cinco confusos minutos foi possível entender que o sujeito tinha ouvido o nome de Gatsby na redação, associado a algo que ou ele se recusava a revelar ou não tinha compreendido completamente. Era o dia de folga dele e com louvável iniciativa fora até lá às pressas "para checar".

Foi uma investida aleatória, mas o instinto do repórter estava certo. A notoriedade de Gatsby, disseminada pelas centenas de pessoas que aceitaram sua hospitalidade e que, desse modo, tornaram-se autoridades sobre seu passado, cresceu durante todo o verão, chegando ao ponto de quase virar notícia. Lendas da época, como o "duto subterrâneo até o Canadá", foram associadas a ele, e havia uma história persistente de que ele não morava numa casa, mas sim em um barco que parecia uma casa e que se movia secretamente ao longo da costa de Long Island. É difícil definir exatamente por que essas invenções eram uma fonte de satisfação para James Gatz da Dakota do Norte.

James Gatz — esse era seu verdadeiro nome, ou pelo menos do ponto de vista legal. Ele mudara de nome aos dezessete anos, exatamente no momento que testemunhou o princípio de sua carreira — quando ele viu o iate de Dan Cody lançar âncora na baixada mais traiçoeira do Lago Superior. Era James Gatz quem estava perambulando naquela tarde ao longo da orla com uma blusa verde rasgada e calças de lona, mas foi Jay Gatsby quem emprestou um bote a remo, foi até o *Tuolomee* e informou a Cody que, dentro de meia hora, um vento poderia atingi-lo e danificar o barco.

Imagino que mesmo na época ele já estivesse com o nome na cabeça havia algum tempo. Seus pais eram agricultores ineptos e malsucedidos — a imaginação dele jamais os aceitou como seus pais. A verdade era que Jay Gatsby, de West Egg, Long Island, surgiu da concepção platônica que ele tinha de si mesmo. Ele era filho de Deus — uma frase que, se é que significa algo, significa exatamente isso — e devia cuidar das coisas do Pai[28], o culto a uma beleza imensa, vulgar e espalhafatosa. Por isso inventou exatamente o tipo de Jay Gatsby que um garoto de dezessete anos provavelmente inventaria, e se manteve fiel a essa concepção até o fim.

Havia mais de um ano, vinha trabalhando duro ao longo da costa sul do Lago Superior, catando mariscos e pescando salmões ou fazendo qualquer outra coisa que lhe

---

28 No evangelho de Lucas 2: 41-49, José e Maria procuram por Jesus, que se perdeu em Jerusalém. Ao encontrar o menino de doze anos no templo conversando com doutores, o repreendem por sua ausência, ao que ele responde: "Por que me procuráveis? Como não sabíeis que era meu dever tratar de assuntos concernentes ao meu Pai?".

desse comida e cama. Seu corpo bronzeado e vigoroso vivia naturalmente os dias revigorantes que se dividiam entre o trabalho duro e a indolência. Ele conheceu cedo as mulheres e, como elas o mimavam, passou a desprezá-las, as virgens por serem ignorantes e as outras por serem histéricas em relação a coisas que, em seu avassalador egocentrismo, ele dava como certas.

Porém seu coração estava num constante e turbulento motim. As ideias mais grotescas e fantásticas o assombravam à noite na cama. Um universo de inefável extravagância girava em seu cérebro enquanto o relógio avançava no lavatório e a lua inundava com uma luz úmida suas roupas amarrotadas no chão. A cada noite, o padrão de suas fantasias se tornava mais rico, até que o sono recaía sobre alguma cena vívida, com um abraço de esquecimento. Por um tempo esses devaneios serviram como válvula de escape para sua imaginação; eram um prenúncio satisfatório da irrealidade da realidade, uma promessa de que a rocha do mundo tinha fundações seguras nas asas de uma fada.

Um instinto sobre sua glória futura o havia levado, alguns meses antes, à pequena faculdade luterana de St. Olaf, no sul de Minnesota. Ficou por duas semanas lá, desanimado com a atroz indiferença que o local dedicava ao rufar de tambores de seu destino, ao destino em si, e desprezando o trabalho de zelador com que o rapaz pagaria seus estudos. Depois voltou para o Lago Superior, e seguia lá em busca de algo para fazer no dia em que o iate de Dan Cody lançou âncora nos baixios ao longo da costa.

Cody, que tinha cinquenta anos na época, era um produto das minas de prata do Nevada, em Yukon, de todas as corridas em busca de metais desde 1875. Os negócios com o cobre de Montana, que o tornaram multimilionário, encontraram-no fisicamente robusto, mas à beira de perder o vigor mental, e, suspeitando disso, uma quantidade infinita de mulheres tentou separá-lo de seu dinheiro. Os esquemas pouco éticos usados pela jornalista Ella Kaye para fazer o papel de madame de Maintenon[29], aproveitando-se de suas fraquezas e mandando-o para o mar num iate, eram conhecidos por todos na imprensa marrom de 1902. Ele vinha costeando praias sempre hospitaleiras fazia cinco anos quando cruzou o destino de James Gatz na Baía de Little Girl.

Para o jovem Gatz, que repousava sobre seus remos e olhava para o convés protegido pela cerca, o iate representava toda a beleza e o glamour do mundo. Imagino que tenha sorrido para Cody — provavelmente ele já tinha descoberto que as pessoas gostavam dele quando sorria. Seja como for, Cody fez-lhe algumas perguntas (uma delas levou ao seu nome novinho em folha) e descobriu que ele era esperto, além de extraordinariamente ambicioso. Poucos dias depois, levou-o para Duluth e comprou-lhe uma casaca azul, seis calças brancas de algodão e um quepe de marinheiro. E quando o *Tuolomee* partiu para

---

29 Madame de Maintenon (1635–1719) casou-se secretamente com o rei Luís XIV, da França.

as Índias Ocidentais e para a costa da Berbéria[30], Gatsby partiu com ele.

Ele foi contratado para uma função um tanto indefinida — enquanto esteve com Dan Cody, foi comissário de bordo, assistente, capitão, secretário e até carcereiro, porque o Dan Cody sóbrio sabia das prodigalidades de que o Dan Cody bêbado era capaz, e ele se preparou para tais contingências depositando uma confiança cada vez maior em Gatsby. Essa situação se prolongou por cinco anos, durante os quais o barco circundou três vezes o continente. E poderia ter durado indefinidamente não fosse pelo fato de Ella Kaye estar a bordo certa noite em Boston e Dan Cody ter morrido uma semana depois de forma pouco hospitaleira.

Eu me lembro do retrato dele no quarto de Gatsby, um sujeito grisalho, corado, com um rosto duro e vazio — o pioneiro pervertido que durante uma fase da vida norte-americana levou de volta para a Costa Leste a violência selvagem dos bordéis e *saloons* da fronteira. Indiretamente devia-se a Dan Cody o fato de Gatsby beber tão pouco. Às vezes, durante festas divertidas, mulheres lambuzavam o cabelo dele com champanhe; de sua parte, ele criou o hábito de não tocar na bebida.

E foi de Cody que ele herdou dinheiro — um legado de vinte e cinco mil dólares. Ele não recebeu. Gatsby jamais

---

30 No original, "Barbary Coast". Embora também seja o nome dado à costa mediterrânea da África, estudiosos acreditam que o autor aqui se refere à região de mesmo nome na área portuária da cidade de São Francisco, nos Estados Unidos. Era um bairro com bordéis, *saloons* e muita criminalidade.

compreendeu o artifício legal usado contra ele, mas tudo o que restou dos milhões foi parar intacto nas mãos de Ella Kaye. O que lhe restou foi uma educação singularmente apropriada; os vagos contornos de Jay Gatsby haviam sido preenchidos e dado substância a um homem.

* * *

Ele me contou esses fatos muito mais tarde, porém escrevo isso aqui com a ideia de explodir os rumores iniciais sobre seus antecedentes, que nem de longe eram verdadeiros. Além disso, ele me contou essa história num momento confuso, quando eu estava a ponto de acreditar em tudo e em nada do que se dizia sobre ele. Então aproveito essa breve pausa, enquanto Gatsby, por assim dizer, recupera o fôlego, para desmentir todas essas fofocas.

Foi uma pausa, também, na minha ligação com os assuntos dele. Por várias semanas eu não o vi nem ouvi sua voz no telefone — na maior parte do tempo, eu ficava em Nova York passeando com Jordan e tentando cair nas graças da tia senil dela —, mas por fim acabei indo à casa dele numa tarde de domingo. Não fazia nem dois minutos que eu estava lá quando alguém entrou levando Tom Buchanan para beber algo. Fiquei espantado, naturalmente, mas o que foi de fato surpreendente é que isso não tivesse acontecido antes.

Era um grupo de três pessoas a cavalo — Tom, um sujeito chamado Sloane e uma mulher bonita num traje de montaria marrom que já estivera lá antes.

— Que prazer ver vocês — disse Gatsby de sua varanda. — Que ótimo que vocês vieram.

Como se eles se importassem!

— Sentem-se. Pegue um cigarro ou um charuto. — Ele andou apressado pela sala, tocando sinos. — Vamos ter algo para beber em um minuto.

Ficou profundamente afetado pelo fato de Tom estar lá. Mas de qualquer modo ele ficaria inquieto até servir algo, percebendo vagamente que esse era o único motivo para a vinda deles. O sr. Sloane não queria nada. Limonada? Não, obrigado. Um pouco de champanhe? Nada mesmo, obrigado... Desculpe...

— Foi boa a cavalgada?

— Estradas muito boas por aqui.

— Acho que os carros...

— Isso.

Movido por um impulso irresistível, Gatsby se virou para Tom, que aceitara ser apresentado como se fosse um desconhecido.

— Creio que já fomos apresentados antes, sr. Buchanan.

— Ah, sim — disse Tom, asperamente cortês, mas deixando óbvio que não se lembrava. — Nos conhecemos mesmo, eu me lembro muito bem.

— Faz umas duas semanas.

— Isso mesmo. Você estava com o nosso Nick aqui.

— Eu conheço a sua esposa — continuou Gatsby, quase agressivo.

— Verdade?

Tom se virou para mim.

— Você mora perto daqui, Nick?

— Na casa ao lado.

— Verdade?

O sr. Sloane não participou da conversa, ficando altivamente relaxado em sua cadeira; a mulher também não disse nada — até que, de modo inesperado, depois de dois drinques, ela se tornou cordial.

— Vamos todos vir para a sua próxima festa, sr. Gatsby — ela sugeriu. — Que tal?

— Com certeza. Eu ficaria encantado com a sua presença.

— Seria ótimo — disse o sr. Sloane, sem expressar gratidão. — Bom, acho que é hora de ir pra casa.

— Por favor, sem pressa — disse Gatsby. Ele agora tinha conseguido se controlar e queria observar Tom por mais um tempo. — Por que vocês não... por que não ficam para jantar? Não seria de estranhar se mais algumas pessoas de Nova York aparecessem.

— Venham vocês jantar *comigo* — disse a mulher, entusiasmada. — Vocês dois.

Isso me incluía. O sr. Sloane se levantou.

— Vamos — disse ele, mas apenas para ela.

— Estou falando sério — insistiu a mulher. — Adoraria que vocês fossem. Espaço não falta.

Gatsby me olhou interrogativamente. Ele queria ir e não tinha percebido que o sr. Sloane havia decretado que ele não fosse.

— Infelizmente não posso — respondi.

— Bom, então venha você — incitou ela, concentrando-se em Gatsby.

O sr. Sloane murmurou algo perto do ouvido dela.

— A gente não vai se atrasar se sair agora — ela insistiu em voz alta.

— Eu não tenho cavalo — disse Gatsby. — Eu cavalgava no Exército, mas nunca comprei um cavalo. Vou ter que seguir vocês no meu carro. Me deem licença só por um minuto.

O resto do grupo foi até a varanda, onde Sloane e a mulher começaram a conversar à parte, exaltados.

— Deus meu, acho que o sujeito vai mesmo — disse Tom. — Será que ele não percebe que ela não quer que ele vá?

— Ela diz que quer.

— Ela marcou um jantar para bastante gente e ele não vai conhecer vivalma lá. — Ele franziu a testa. — Fico me perguntando onde diabos ele conheceu a Daisy. Por Deus, eu posso ser antiquado nas minhas ideias, mas para o meu gosto as mulheres hoje em dia andam demais por aí. Conhecem todo tipo de doido.

De repente o sr. Sloane e a mulher desceram os degraus e montaram em seus cavalos.

— Venha — disse o sr. Sloane para Tom —, estamos atrasados. Temos que ir. — E depois para mim: — Diz para ele que a gente não pôde esperar, está bem?

Tom e eu nos cumprimentamos, o resto de nós fez acenos indiferentes e eles saíram da propriedade trotando apressados, desaparecendo sob a folhagem de agosto bem quando Gatsby, de chapéu e casaco leve, apareceu na porta da frente.

* * *

Era evidente que Tom estava perturbado por Daisy andar por aí sozinha, pois na noite do domingo seguinte ele apareceu com ela na festa de Gatsby. Pode ser que a presença dele tenha dado à noite uma característica peculiar de opressão — ela surge na minha memória como algo à parte das outras festas de Gatsby naquele verão. As mesmas pessoas estavam lá, ou pelo menos o mesmo tipo de gente, houve a mesma profusão de champanhe, a mesma agitação multicolorida e a mesma diversidade de tons de vozes, mas eu sentia algo desagradável no ar, uma rispidez penetrante que não estava lá nas outras noites. Ou quem sabe eu simplesmente tivesse me acostumado, tivesse passado a aceitar West Egg como um mundo à parte, com seus próprios padrões e suas próprias grandes figuras, que não ficava devendo em nada a outros lugares por não ter consciência dessa dívida, e agora eu estava olhando de novo para esse lugar, pelos olhos de Daisy. É invariavelmente entristecedor observar por meio de novos olhos coisas com as quais você já havia gastado sua própria energia de adaptação.

Eles chegaram ao crepúsculo e, enquanto passeávamos entre as cintilantes centenas de convidados, a voz de Daisy fazia truques murmurantes em sua garganta.

— Essas coisas me deixam *tão* empolgada — ela sussurrou. — Se em algum momento da noite você quiser me beijar, Nick, só me avise que eu vou ficar feliz em providenciar isso para você. Só mencione meu nome. Ou apresente um cartão verde. Vou distribuir cartões...

— Olhe em volta — sugeriu Gatsby.

— Estou olhando. Estou me divertindo...

— Você deve estar vendo o rosto de gente de que já ouviu falar.

Os olhos arrogantes de Tom vagaram pela multidão.

— Nós não somos de sair muito — disse ele. — Na verdade eu estava justamente pensando que não conheço absolutamente ninguém aqui.

— Talvez você conheça aquela senhora. — Gatsby indicou uma mulher linda, que mais parecia uma orquídea do que um humano, sentada majestosamente sob uma ameixeira branca.

Tom e Daisy olharam para ela com aquela sensação peculiar de irrealidade que acompanha o reconhecimento de uma celebridade do cinema que até então era um mero espectro.

— Ela é linda — disse Daisy.

— O sujeito atrás dela é o diretor.

Ele os levou de um grupo para outro de modo cerimonioso:

— A sra. Buchanan... e o sr. Buchanan. — Depois de um instante de hesitação, ele acrescentou: — O jogador de polo.

— Ah, não — objetou Tom rapidamente. — Eu não.

Mas era evidente que aquele som agradava Gatsby, uma vez que Tom continuou sendo "o jogador de polo" pelo resto da noite.

— Nunca encontrei tantas celebridades! — Daisy exclamou. — Gostei daquele sujeito, como era o nome dele? Aquele com um nariz meio azul.

Gatsby identificou-o, acrescentando se tratar de um pequeno produtor.

— Bom, gostei dele mesmo assim.

— Eu preferia não ser apresentado como jogador de polo — disse Tom de um modo agradável. — Eu preferia olhar para todas essas pessoas famosas do... do anonimato.

Daisy e Gatsby dançaram. Eu me lembro de ter ficado surpreso pelo modo gracioso e conservador como ele dançou o foxtrote — eu nunca o tinha visto dançar antes. Depois eles foram para a minha casa e se sentaram nos degraus por meia hora, enquanto, a pedido dela, eu permaneci de guarda no jardim: "para o caso de haver um incêndio ou uma enchente", ela explicou, "ou qualquer ato divino".

Tom ressurgiu de seu anonimato quando estávamos nos sentando para jantar juntos.

— Você se importa se eu jantar com umas pessoas ali? — ele disse. — Tem um camarada contando umas coisas realmente engraçadas.

— Vai lá — Daisy respondeu simpática. — E se quiser anotar algum endereço, tome o meu lápis dourado...

Ela olhou à sua volta depois de um momento e me disse que a garota era "comum, mas bonita" e eu sabia que, exceto pela meia hora que passou a sós com Gatsby, ela não estava se divertindo.

Estávamos numa mesa particularmente bêbada. A culpa era minha — Gatsby foi atender o telefone e eu tinha conversado com aquelas mesmas pessoas apenas duas semanas antes. Mas o que na época me divertiu agora parecia pútrido.

— Como está se sentindo, srta. Baedeker?

A garota a quem eu me dirigi estava tentando, sem sucesso, se afundar no meu ombro. Ao ouvir essa pergunta, ela se endireitou e abriu os olhos.

— O quê?

Uma mulher enorme e letárgica, que vinha instigando Daisy a jogar golfe com ela no clube local no dia seguinte, falou em defesa da srta. Baedeker:

— Ah, agora ela está bem. Depois do quinto ou sexto coquetel ela sempre começa a gritar assim. Sempre falo que ela devia parar com isso.

— Eu parei — afirmou em vão a acusada.

— A gente ouviu você gritar, e eu disse aqui para o dr. Civet: "Tem alguém precisando da sua ajuda, doutor".

— Ela fica muito grata, tenho certeza — disse outra amiga, sem gratidão na voz. — Mas você molhou todo o vestido dela quando mergulhou a cabeça dela na piscina.

— Se tem uma coisa que eu detesto é que enfiem a minha cabeça na piscina — resmungou a srta. Baedeker. — Uma vez em Nova Jersey quase me afogaram.

— Então você devia parar — respondeu o dr. Civet.

— Olha quem fala! — gritou a srta. Baedeker violentamente. — Suas mãos estão tremendo. Eu é que não ia deixar você me operar!

A coisa ia desse jeito. Praticamente a minha última lembrança é estar de pé com Daisy olhando para o diretor de cinema e sua Estrela. Eles continuavam debaixo da ameixeira branca e o rosto deles quase se tocava, exceto por um fino raio pálido de luz de luar que surgia entre os dois. Chegou a me ocorrer que ele vinha se aproximando muito lentamente dela a noite toda para conseguir essa proximidade e, enquanto eu observava ele avançar o último nível, deu um beijo na bochecha dela.

— Gosto dela — disse Daisy —, acho linda.

Porém o resto a ofendia — e de maneira inequívoca, por se tratar não de um gesto, mas de uma emoção. Estava chocada com West Egg, aquele "lugar" sem precedentes que a Broadway criou em cima de uma vila de pescadores de Long Island, chocada pelo vigor bruto que desgastava os velhos eufemismos e pelo destino excessivamente intrusivo que mantinha seus habitantes encurralados num atalho que levava do nada a lugar nenhum.

Ela via na simplicidade algo tenebroso que não conseguia compreender.

Eu me sentei nos degraus da frente com Tom e Daisy enquanto eles esperavam o carro. Estava escuro ali; só a porta brilhante produzia três metros quadrados de luz sobre a suave escuridão da manhã. Por vezes uma sombra se movia em direção à persiana de um quarto de vestir no andar de cima, cedia lugar a outra sombra, a uma procissão indefinida de sombras que se maquiava e empoava diante de um espelho invisível.

— Quem é esse Gatsby afinal? — perguntou Tom de repente. — Algum grande contrabandista de bebida?

— De onde você ouviu isso? — perguntei.

— Não ouvi. Imaginei. Muitos desses novos ricos são só grandes contrabandistas, sabe.

— Não o Gatsby — eu disse lacônico.

Ele ficou em silêncio por um momento. Cascalhos da trilha para carros foram triturados sob seus pés.

— Bom, certamente ele deve ter se esforçado para reunir todo esse zoológico.

Uma brisa agitou a bruma cinzenta da gola de pele de Daisy.

— Pelo menos eles são mais interessantes do que as pessoas que a gente conhece — ela disse com esforço.

— Você não pareceu tão interessada.

— Bom, eu estava.

Tom riu e se virou para mim.

—Você viu a cara da Daisy quando aquela menina pediu para colocarem ela debaixo de uma ducha fria?

Daisy começou a cantar junto com a música num sussurro rouco, ritmado, dando a cada palavra um sentido que jamais havia tido antes e que jamais voltaria a ter. Quando a melodia ficou mais aguda, a voz dela subiu docemente, acompanhando a música de um jeito que as vozes de contralto fazem, e cada mudança soltava no ar parte de seu mágico calor humano.

— Tem muita gente que vem sem ser convidada — disse ela de repente. — Aquela garota não foi convidada. Eles simplesmente entram de qualquer jeito, e ele é educado demais para fazer objeção.

— Queria saber quem ele é e o que faz — insistiu Tom. — E acho que vou fazer questão de descobrir.

— Posso te dizer agora mesmo — respondeu ela. — Ele tinha umas farmácias, muitas farmácias. Construiu a cadeia de lojas sozinho.

A lenta limusine veio se aproximando.

— Boa noite, Nick — disse Daisy.

O olhar dela se desviou de mim e se dirigiu ao topo iluminado das escadarias onde, pela porta, se ouvia "Three O'Clock in the Morning", uma bela e triste valsa daquele ano. Afinal, a casualidade da festa de Gatsby permitia a existência de possibilidades românticas totalmente ausentes do mundo de Daisy. O que será que havia naquela música lá em cima que parecia chamá-la de volta para dentro? O que aconteceria nas vagas e incalculáveis horas seguintes? Talvez chegasse algum convidado inacreditável, uma pessoa infinitamente rara e que deveria ser admirada, alguma jovem genuinamente radiante que, com um único olhar estimulante, num único momento de mágico encontro, manchasse aqueles cinco anos de devoção cega.

* * *

Fiquei até tarde aquela noite. Gatsby me pediu para esperar até que ele estivesse liberado, e fiquei no jardim até que o inevitável grupo de banhistas voltasse correndo, gelados e extasiados, da praia negra, até que as luzes se extinguissem nos quartos de hóspedes no andar de cima. Quando ele enfim desceu os degraus, a pele bronzeada estava mais tensa do que o normal em seu rosto, e os olhos estavam brilhantes e cansados.

— Ela não gostou — disse de imediato.

— Claro que gostou.

— Ela não gostou — ele insistiu. — Não se divertiu.

Então ficou em silêncio, e percebi que ele estava deprimido de uma maneira indescritível.

— Eu me sinto tão distante dela — disse ele. — É difícil fazer com que ela entenda.

— Você está falando do baile?

— O baile? — Num estalar de dedos ele desdenhou de todos os bailes que já havia organizado. — Meu caro, o baile não tem importância.

Ele esperava que Daisy fosse até Tom e dissesse: "Eu nunca te amei". Nada menos do que isso. Depois que ela tivesse destruído três anos desse modo, com uma só frase, eles poderiam decidir quanto às medidas mais práticas a ser tomadas. Uma delas era, depois que ela estivesse livre, voltar a Louisville e se casar em sua cidade natal — exatamente como se tivessem retrocedido cinco anos no tempo.

— E ela não entende — ele disse. — Antes ela conseguia entender. A gente ficava sentado juntos por horas...

Ele parou de falar e começou a andar pra lá e pra cá por um caminho desolado de cascas de frutas e lembrancinhas descartadas e flores esmagadas.

— Eu não exigiria muito dela — arrisquei. — Não tem como repetir o passado.

— Não tem como repetir o passado? — ele disse com incredulidade. — Ora, é claro que tem!

Ele olhou freneticamente à volta, como se o passado estivesse à espreita ali nas sombras de sua casa, fora do alcance de suas mãos.

— Eu vou fazer tudo voltar a ser como era antes — disse, balançando a cabeça para cima e para baixo, com determinação. — Ela vai ver.

Ele falou bastante sobre o passado e deduzi que queria recuperar algo, alguma ideia de si mesmo talvez, que se perdera ao amar Daisy. Desde aquela época, a vida dele tinha se tornado confusa e desordenada, mas caso pudesse voltar a um certo ponto de partida e repassar tudo lentamente, ele seria capaz de descobrir o que seria...

...Numa noite de outono, cinco anos antes, eles estavam andando pela rua enquanto as folhas caíam, e chegaram a um lugar onde não havia árvores e a calçada estava branca com a luz do luar. Pararam ali e se viraram um para o outro. Era uma noite agradável com aquela misteriosa empolgação que acontece nas duas mudanças de estação do ano. As luzes silenciosas nas casas sussurravam na escuridão e havia uma agitação, um alvoroço entre as estrelas. Com o canto dos olhos, Gatsby viu que as pedras da calçada formavam uma verdadeira escada e chegavam a um lugar secreto acima das árvores — ele podia subir essa escada, caso subisse sozinho, e ao chegar ao topo poderia sugar a polpa da vida, beber o incomparável leite do encanto.

Seu coração bateu cada vez mais rápido à medida que o rosto branco de Daisy se aproximou do dele. Sabia que, quando beijasse aquela garota e fizesse para sempre uma aliança entre suas inefáveis visões e o hálito perecível dela, sua mente jamais voltaria a brincar como brinca a mente de Deus. Por isso ele esperou, ouvindo por um momento a mais o diapasão que tocara numa estrela. E então a beijou. Ao toque dos seus lábios ela desabrochou para ele como uma flor e a encarnação se completou.

Tudo o que ele disse, até mesmo sua chocante sentimentalidade, me fez lembrar de algo — um ritmo fugaz, um fragmento de palavras perdidas que eu tinha ouvido em algum lugar muito tempo antes. Por um momento uma frase tentou se formar em minha boca e meus lábios se abriram como os de um homem mudo, como se algo mais do que um sopro de ar os pressionasse. Porém eles não fizeram nenhum som, e aquilo de que eu quase me lembrei permaneceu incomunicável para sempre.

Capítulo 7

Foi quando a curiosidade em relação a Gatsby estava no auge que as luzes de sua casa deixaram de acender em um sábado à noite — e, na mesma obscuridade em que havia começado, sua carreira como Trimalquião[31] acabou. Só gradualmente percebi que os carros que entravam na casa dele cheios de expectativas ficavam apenas por um minuto e saíam amuados. Imaginando que ele pudesse estar doente, fui até lá para descobrir — um mordomo desconhecido com cara de vilão me encarou da porta com olhos semicerrados e cheios de suspeita.

— O sr. Gatsby está doente?

— Não. — Após uma pausa ele acrescentou "senhor" de um modo lento e rancoroso.

— Não tenho visto ele por aí e fiquei meio preocupado. Diga que o sr. Carraway veio.

— Quem? — ele perguntou de um modo rude.

— Carraway.

— Carraway. Muito bem, vou informar.

Abruptamente, ele bateu a porta.

Minha finlandesa me informou que Gatsby tinha mandado todos os criados embora uma semana antes e os substituído por meia dúzia de empregados novos que

---

31 Personagem do *Satíricon*, sátira romana escrita por volta de 60 d.C. por Petrônio, Trimalquião é um ex-escravo que enriqueceu e dá banquetes suntuosos.

nunca iam a West Egg Village para receber suborno dos comerciantes, e que em vez disso faziam compras moderadas por telefone. O menino encarregado das compras contou que a cozinha parecia um chiqueiro, e a opinião geral no vilarejo era de que as novas pessoas não eram criados coisa nenhuma.

No dia seguinte, Gatsby me telefonou.

— Está indo embora? — perguntei.

— Não, meu caro.

— Ouvi dizer que você demitiu todos os empregados.

— Queria alguém que não ficasse fazendo fofoca. A Daisy está aparecendo bastante por aqui... à tarde.

Então a estalagem de Gatsby tinha desmoronado como um castelo de cartas simplesmente porque Daisy não aprovava.

— Os empregados novos são umas pessoas que o Wolfshiem queria ajudar. São todos irmãos e irmãs. Antes eles administravam um pequeno hotel.

— Entendi.

Ele estava ligando a pedido de Daisy — será que eu aceitaria almoçar na casa dela amanhã? A srta. Baker estaria lá. Meia hora depois, Daisy ligou e parecia aliviada por saber que eu iria. Alguma coisa estava acontecendo. E, no entanto, eu não achava que eles escolheriam essa ocasião para fazer uma cena — em especial o tipo de cena devastadora que Gatsby descrevera no jardim.

O dia seguinte estava um forno — quase o último, e com certeza o mais quente dia daquele verão. Quando meu trem saiu do túnel para a luz do sol, apenas os apitos da National Biscuit Company romperam o silêncio ardente do meio-dia. Os bancos de palha do vagão estavam à beira da combustão; a mulher ao meu lado transpirava delicadamente em sua blusinha branca e, depois, quando o jornal ficou úmido sob seus dedos, caiu desesperadoramente num calor profundo com um grito desolado. O livro de bolso dela caiu no chão.

— Meu Deus! — arfou ela.

Peguei o livro, me curvando com dificuldade, e entreguei para ela, com o braço estendido e segurando pelo canto do livro para indicar que não tinha nenhum desejo por aquele objeto — porém todos ali por perto, incluindo a mulher, suspeitaram de mim mesmo assim.

— Calor! — disse o funcionário do trem para rostos conhecidos. — Que tempo! Calor! Calor! Calor! Está quente o suficiente pra você? Está quente? Está...

Minha passagem voltou da mão dele com uma mancha escura. Em um calor daqueles, quem iria se importar com a história de quais lábios rosados um personagem beijou, qual cabeça deixou úmido o bolso do pijama sobre o coração de um homem?

...No saguão da casa dos Buchanan soprava um vento leve, transportando o som da campainha do telefone para Gatsby e para mim enquanto esperávamos na porta.

— O corpo do patrão! — rugiu o mordomo, falando no aparelho. — Lamento, madame, mas não podemos fornecer... Está quente demais hoje para tocar nele!

O que ele realmente disse foi:

— Sim... sim... vou ver.

Ele desligou o telefone e veio na nossa direção, ligeiramente resplandecente, para pegar nossos rígidos chapéus de palha.

— A madame os espera no salão! — disse ele, indicando a direção, sem necessidade. Naquele calor, todo gesto extra era uma afronta à reserva de vida comum a todos.

A sala, bem sombreada por toldos, estava escura e fresca. Daisy e Jordan estavam estiradas sobre um enorme sofá, como ídolos de prata, segurando seus vestidos brancos contra a brisa sibilante dos ventiladores.

— A gente não consegue se mexer — disseram juntas.

Os dedos de Jordan, bronzeados e recobertos por um pó de arroz branco, repousaram por um momento sobre os meus.

— E o sr. Tom Buchanan, o atleta? — perguntei.

Ao mesmo tempo ouvi a voz dele, rude, abafada, rouca, no telefone do saguão.

Gatsby ficou no centro do tapete vermelho e olhou ao redor fascinado. Daisy o observou e riu, com seu riso doce e empolgante; uma minúscula rajada de pó de arroz subiu do colo dela para o ar.

— Dizem as más línguas — sussurrou Jordan — que o Tom está falando com a garota dele no telefone.

Ficamos em silêncio. A voz no saguão aumentou de volume, irritada.

— Muito bem, então nesse caso eu não vou te vender o carro... Não tenho obrigação nenhuma com você... E não vou aturar que fique me incomodando na hora do almoço, de jeito nenhum!

— Está falando com o telefone desligado — disse Daisy num tom cínico.

— Não, não está — garanti. — É um negócio mesmo. Por acaso eu sei do que se trata.

Tom abriu a porta de um só golpe, bloqueou a passagem por um momento com seu corpo robusto, depois entrou às pressas na sala.

— Sr. Gatsby! — Ele estendeu a mão larga e achatada, conseguindo esconder bem seu desgosto. — Um prazer ver o senhor... Nick...

— Prepare uma bebida gelada pra gente — disse Daisy.

Enquanto ele saía de novo da sala, ela se levantou e foi até Gatsby, puxou o rosto dele e lhe deu um beijo na boca.

— Você sabe que eu te amo — ela murmurou.

— Você se esqueceu que há uma dama presente — disse Jordan.

Daisy olhou ao redor como se estivesse em dúvida.

— Beije o Nick também.

— Que garota baixa e vulgar!

— Eu não ligo! — disse Daisy e começou a sapatear na lareira de tijolos.

Depois ela se lembrou do calor e se sentou com ar de culpa no sofá bem no momento em que uma babá com a roupa recém-lavada entrou na sala com uma menininha.

— A-ma-da do meu co-ra-ção — ela cantou, estendendo os braços. — Vem com a mamãe que te ama.

A babá soltou a mão da criança, que correu pela sala e se enraizou com timidez no vestido da mãe.

— A-ma-da do co-ra-ção! Será que a mamãe sujou seu cabelinho loiro com pó de arroz? Fique de pé direitinho e diga olá.

Gatsby e eu, um de cada vez, nos inclinamos e pegamos na pequena mão relutante. Depois ele continuou olhando para a criança com surpresa. Acho que jamais tinha acreditado na existência dela.

— Eu me vesti antes do almoço — disse a criança, olhando ansiosa para Daisy.

— É porque a mamãe queria exibir você. — Ela colou seu rosto na única dobra do pescocinho branco. — Você é o sonho da mamãe. Meu sonho lindo.

— Sim — admitiu a criança tranquilamente. — A tia Jordan também está com um vestido branco.

— O que você acha dos amigos da mamãe? — Daisy virou a menina de frente para Gatsby. — Eles são bonitos?

— Onde está o papai?

— Ela não se parece com o pai — explicou Daisy. — Puxou a mim. Tem meu cabelo e meu formato de rosto.

Daisy se reclinou no sofá. A babá deu um passo à frente e segurou a mão da menina.

— Venha, Pammy.

— Tchauzinho, meu amor!

Com um olhar relutante para trás, a menina bem disciplinada segurou a mão da babá e foi levada para fora da sala bem quando Tom voltou, precedido por quatro drinques de gim que estalavam de tanto gelo.

Gatsby pegou sua taça.

— Parece bem gelado mesmo — disse ele, visivelmente tenso.

Bebemos em longos e ávidos goles.

— Li em algum lugar que o sol está ficando mais quente a cada ano — disse Tom de um jeito simpático. — Parece que muito em breve a Terra vai cair dentro do sol ou... Espere, pode ser o contrário. O sol está ficando mais frio a cada ano. Venha aqui fora — ele sugeriu a Gatsby. — Quero que você dê uma olhada na casa.

Fui com eles para a varanda. No estuário verde, estagnado no calor, uma pequena vela rastejava solitária em direção ao frescor do mar. Os olhos de Gatsby seguiram-na por um momento; ele ergueu a mão e apontou para o outro lado da baía.

— Minha casa fica do outro lado, bem de frente para a de vocês.

— Verdade.

Nossos olhos passaram sobre os canteiros de flores e o gramado quente e as ervas daninhas do tempo quente, ao longo da orla. Lentamente, as asas brancas do barco se moveram contra o ameno limite azul do céu. Adiante ficava o oceano irregular e uma abundância de ilhas abençoadas.

— Isso é que é esporte — disse Tom, acenando com a cabeça. — Queria passar uma hora com ele lá fora.

Almoçamos na sala de jantar, que também estava escurecida, como proteção contra o calor, e bebemos uma nervosa alegria junto com a cerveja gelada.

— O que vamos fazer hoje à tarde? — disse Daisy. — E amanhã, e nos próximos trinta anos?

— Não seja mórbida — disse Jordan. — A vida recomeça do zero quando volta a ficar mais fresco.

— Mas está tão quente — insistiu Daisy, à beira das lágrimas. — E tudo é tão confuso. Vamos todos à cidade!

A voz dela lutou contra o calor, enfrentando-o, dando forma à sua falta de sentido.

— Já ouvi falar de gente que transformou um estábulo em garagem — Tom estava dizendo para Gatsby —, mas fui o primeiro a transformar uma garagem em estábulo.

— Quem quer ir para a cidade? — Daisy perguntou com insistência. Os olhos de Gatsby flutuaram na direção dela.
— Ah — disse ela —, você parece estar tão fresco.

Os olhos deles se encontraram e eles se encararam, sozinhos no espaço. Com esforço ela baixou os olhos para a mesa.

— Você sempre parece estar tão fresco — ela repetiu.

Ela acabara de dizer que o amava, e Tom Buchanan percebeu. Ele estava chocado. Ficou boquiaberto e olhou para Gatsby e depois de novo para Daisy como se acabasse de reconhecer nela alguém que conhecera muito tempo antes.

— Você parece aquele sujeito do anúncio — ela continuou, com um ar inocente. — Sabe, o anúncio daquele sujeito...

— Muito bem — Tom logo interrompeu. — Estou cem por cento disposto a ir para a cidade. Venham... vamos todos para a cidade.

Ele se levantou, seus olhos ainda soltando faíscas para Gatsby e para a esposa. Ninguém se mexeu.

— Vamos! — Ele começou a perder a calma. — Qual é o problema? Se a gente vai pra cidade, melhor ir já.

Sua mão, trêmula pelo esforço de autocontrole, levou aos lábios o resto do copo de cerveja. A voz de Daisy nos fez levantar e sair para a trilha de cascalho ardente por onde os carros passavam.

— Então vamos simplesmente sair? — objetou ela. — Assim de repente? Não vamos deixar ninguém fumar um cigarro antes?

— Todo mundo fumou durante o almoço inteiro.

— Ah, vamos nos divertir — Daisy implorou a Tom. — Está quente demais para criar caso.

Ele não respondeu.

— Faça como quiser — disse ela. — Venha, Jordan.

Elas subiram para se arrumar enquanto nós três, os homens, ficamos ali brincando com as pedrinhas debaixo dos sapatos. Uma curva prateada da lua já pairava no céu, a oeste. Gatsby começou a falar, mudou de ideia, mas não antes de Tom se virar e encará-lo com expectativa.

— Seus estábulos ficam aqui? — perguntou Gatsby com esforço.

— A uns quinhentos metros.

— Ah.

Uma pausa.

— Não consigo entender por que ir para a cidade — Tom disse do nada, irritado. — As mulheres têm essas ideias...

— Levamos alguma coisa para beber? — perguntou Daisy de uma janela do andar de cima.

— Eu pego uísque — respondeu Tom. E entrou.

Gatsby se virou para mim num movimento rígido:

— Eu não posso dizer nada nessa casa, meu caro.

— Ela tem uma voz indiscreta — observei. — Cheia de...
— Hesitei.

— A voz dela é cheia de dinheiro — disse ele, de repente.

Era isso. Eu nunca tinha entendido antes. Era cheia de dinheiro — tal era o charme inesgotável daquelas oscilações, era isso que tilintava naquela voz, era essa a canção tocada pelos címbalos daquele timbre... No alto de um palácio branco, a filha do rei, a garota de ouro...

Tom saiu da casa com uma garrafa pequena envolta em uma toalha, seguido por Daisy e Jordan, que estavam com pequenos chapéus de tecido metalizado e carregavam casacos leves nos braços.

— Vamos todos no meu carro? — sugeriu Gatsby. Ele sentiu o calor do couro verde dos bancos. — Devia ter deixado na sombra.

— O câmbio é manual? — perguntou Tom.

— Sim.

— Bom, então você pega meu carro e deixa eu dirigir o seu até a cidade.

A sugestão desagradou a Gatsby.

— Acho que não tem muita gasolina — ele objetou.

— Tem bastante gasolina — disse Tom, rude. Ele olhou para o marcador. — E, se acabar, eu paro numa farmácia. Hoje em dia dá para comprar de tudo numa farmácia.

Essa observação aparentemente sem sentido foi seguida por uma pausa. Daisy franziu a testa para Tom, e pelo rosto de Gatsby passou uma expressão indefinível, a um só tempo definitivamente não familiar e vagamente reconhecível, como se eu só a tivesse conhecido descrita em palavras.

— Venha, Daisy — disse Tom, empurrando-a em direção ao carro de Gatsby. — Vou te levar nesse vagão de circo.

Ele abriu a porta, mas ela saiu do círculo formado pelo braços dele.

— Leve Nick e Jordan. Nós seguiremos vocês no outro carro.

Ela foi andando até Gatsby, tocando seu paletó com a mão. Jordan, Tom e eu nos sentamos no banco da frente do carro de Gatsby, Tom mexeu nos mecanismos que não conhecia, tentando descobrir como funcionavam, e partimos no calor opressivo, deixando-os para trás, fora de nosso campo de visão.

— Vocês viram aquilo? — perguntou Tom.

— Vimos o quê?

Ele se virou para mim com um olhar cortante, percebendo que Jordan e eu devíamos saber o tempo todo.

— Vocês acham que eu sou burro, não é? — ele sugeriu. — Pode ser que eu seja, mas tenho uma... quase uma segunda visão, às vezes, que me diz o que fazer. Talvez não acreditem nisso, mas a ciência...

Ele fez uma pausa. Uma contingência imediata o surpreendeu, tirando-o da beira de seu precipício teórico.

— Eu fiz uma pequena investigação sobre esse camarada — ele continuou. — Eu poderia ter ido mais fundo se soubesse...

— Você está dizendo que consultou um médium? — perguntou Jordan, em tom de brincadeira.

— O quê? — Confuso, ele olhou para nós enquanto ríamos. — Um médium?

— Sobre o Gatsby.

— Sobre o Gatsby? Não, não fiz isso. Estou dizendo que investiguei o passado dele.

— E você descobriu que ele estudou em Oxford — disse Jordan, prestativa.

— Ele, em Oxford! — Tom estava incrédulo. — De jeito nenhum! Ele usa terno rosa.

— E no entanto estudou em Oxford.

— Na Oxford do Novo México — rosnou Tom, com desdém — ou algo do gênero.

— Escute, Tom. Se você é tão esnobe, por que convidar o sujeito para o almoço? — perguntou Jordan, irritada.

— Foi Daisy que convidou. Eles se conheceram antes do nosso casamento, sabe lá Deus onde!

Estávamos todos irritadiços com o desaparecimento do efeito da cerveja e, cientes disso, seguimos por um tempo em silêncio. Então, quando os olhos desbotados do dr. T. J. Eckleburg surgiram à nossa frente na estrada, eu me lembrei do aviso de Gatsby sobre a gasolina.

— Tem o suficiente para a gente chegar na cidade — disse Tom.

— Mas tem uma oficina bem aqui — objetou Jordan. — Eu não quero ficar parada nesse calor infernal.

Tom pisou nos dois freios impacientemente e nós paramos, deslizando de forma abrupta sob a placa de Wilson. Depois de um instante, o proprietário surgiu do interior do estabelecimento e fitou o carro com um olhar vazio.

— Preciso de gasolina! — disse Tom, de modo grosseiro. — Por que você acha que a gente parou? Pra admirar a vista?

— Estou passando mal — disse Wilson sem se mover. — Passei mal o dia inteiro.

— Qual é o problema?

— Estou fraco.

— Bom, então eu mesmo ponho a gasolina? — Tom perguntou. — Você parecia bastante bem no telefone.

Com esforço, Wilson saiu da sombra e do batente da porta e, respirando pesado, abriu a tampa do tanque. À luz do sol, seu rosto estava verde.

— Não quis interromper seu almoço — disse Wilson. — Mas preciso muito do dinheiro e estava pensando o que você ia fazer com seu carro antigo.

— O que acha deste aqui? — perguntou Tom. — Comprei na semana passada.

— É um belo carro amarelo — disse Wilson, enquanto trabalhava na bomba.

— Quer comprar este?

— Até parece — Wilson disse com um leve sorriso. — Não, mas eu podia ganhar um dinheirinho com o outro.

— Para que você quer o dinheiro, assim de uma hora pra outra?

— Já estou aqui há muito tempo. Quero ir embora. A minha mulher e eu queremos ir para o Oeste.

— A sua mulher quer! — exclamou Tom, surpreso.

— Ela fala disso faz dez anos. — Ele se recostou por um momento na bomba, cobrindo os olhos com as mãos. — E agora ela vai, queira ou não. Vou tirar ela daqui.

O cupê passou voando por nós com uma nuvem de poeira e um vestígio de um aceno de mão.

— Quanto eu te devo? — perguntou Tom de um jeito rude.

— Faz uns dois dias que eu percebi uma coisa curiosa — observou Wilson. — É por isso que quero ir embora. É por isso que estou te atormentando com essa história do carro.

— Quanto eu te devo?

— Um dólar e vinte.

O calor implacável começava a me confundir, e passei por um mau bocado ali até perceber que ele ainda não suspeitava de Tom. Havia descoberto que Myrtle tinha uma segunda vida distante dele, em outro mundo, e o choque o deixara fisicamente mal. Olhei para ele e depois para Tom, que havia feito uma descoberta paralela menos de uma hora antes — e me ocorreu que não havia diferença mais profunda entre os homens, nem em termos de inteligência nem de raça, quanto a diferença entre os doentes e os saudáveis. Wilson estava mal a ponto de parecer culpado, imperdoavelmente culpado — como se tivesse acabado de engravidar uma pobre menina.

— Pode ficar com o carro — disse Tom. — Vou mandar para você amanhã de tarde.

Aquele lugar sempre tinha sido vagamente perturbador, mesmo com o clarão da tarde, e então eu virei a cabeça como se tivesse sido alertado sobre algo atrás de mim. Acima das pilhas de cinzas, os olhos gigantes do dr. T. J. Eckleburg seguiam em sua vigília, porém eu percebi, depois de um momento, que havia outros olhos nos observando com peculiar intensidade, a menos de dez metros.

Em uma das janelas sobre a oficina, as cortinas tinham sido afastadas e Myrtle Wilson olhava para baixo, para o carro. Estava tão absorta que nem percebeu que estava sendo observada, e suas emoções transpareceram no rosto, uma após a outra, como objetos em um filme revelado com lentidão. A expressão era curiosamente familiar — uma expressão que eu vira com frequência no rosto das mulheres, porém no rosto de Myrtle Wilson parecia sem propósito e inexplicável, até eu perceber que os olhos dela, arregalados, aterrorizados de ciúmes, não estavam fixos em Tom, mas sim em Jordan Baker, que ela imaginava ser a esposa dele.

* * *

Não existe confusão como a feita por uma mente simples e, enquanto nos afastávamos, Tom sentia o calor dos açoites do pânico. Tanto sua esposa como a amante, que até uma hora antes estavam seguras e invioláveis, escorregavam rapidamente de seu controle. O instinto o fez pisar no acelerador com o duplo propósito de ultrapassar Daisy e de deixar Wilson para trás, e passamos por Astoria a oitenta quilômetros por hora, até vermos, entre as vigas de aranha do elevado, o cupê azul prosseguindo com tranquilidade.

— Aqueles cinemas grandes na altura da Rua Cinquenta são frescos — sugeriu Jordan. — Adoro Nova York à tarde no verão, quando todo mundo sai da cidade. Sempre acho que a cidade fica sensual... Madura, quase passada do ponto, como se todo tipo de fruta exótica fosse cair nas nossas mãos.

A palavra "sensual" teve o efeito de deixar Tom ainda mais inquieto, mas antes que ele pudesse protestar, o cupê parou e Daisy fez sinal para pararmos ao lado deles.

— Aonde estamos indo? — gritou ela.

— Que tal ao cinema?

— Está quente demais — ela reclamou. — Vão vocês. A gente vai dar uma volta e encontra vocês depois. — Ela se esforçou para parecer divertida. — A gente se encontra em alguma esquina. Eu vou ser o sujeito fumando dois cigarros.

— Não tem como a gente discutir isso aqui — Tom disse impaciente, enquanto atrás de nós um caminhão buzinava. — Vamos até a parte sul do Central Park, na frente do Plaza, me sigam.

Várias vezes ele virou a cabeça procurando o carro deles e, quando o trânsito os fazia ficar para trás, ele diminuía a velocidade até poder vê-los. Acho que estava com medo de que acelerassem numa rua transversal e saíssem da vida dele para sempre.

Mas eles não fizeram isso. E todos nós fomos parar, o que é ainda mais difícil de explicar, na sala de estar de uma suíte do Hotel Plaza.

Não consigo me lembrar da longa e tumultuada discussão que acabou nos levando àquele quarto, embora eu tenha uma forte memória física de que minha roupa íntima ficava subindo pelas minhas pernas ao longo da discussão, como uma cobra úmida, e de sentir gotas frias de suor correndo intermitentes pelas minhas costas. A ideia surgiu da sugestão de Daisy de que alugássemos cinco banheiros e tomássemos banhos frios de banheira, e depois ganhou forma mais tangível como "um lugar para tomar um drinque de menta". Todos dissemos repetidas vezes que era uma "ideia maluca" — todos falamos ao mesmo tempo com um funcionário perplexo e achávamos, ou fingíamos achar, que estávamos sendo muito engraçados...

O quarto era amplo e abafado, e, embora já fossem quatro da tarde, abrir as janelas resultou apenas num jato de ar quente vindo dos arbustos do Central Park. Daisy foi até o espelho e ficou de costas para nós, ajeitando o cabelo.

— É uma suíte bacana — sussurrou Jordan respeitosamente e todos riram.

— Abra mais uma janela — Daisy mandou, sem se virar.

— Não tem mais janelas.

— Bom, melhor ligar pedindo um machado...

— O melhor a fazer é esquecer o calor — disse Tom, impaciente. — Você torna as coisas dez vezes piores quando fica reclamando.

Ele desembrulhou a garrafa de uísque que estava na toalha e colocou-a sobre a mesa.

— Acho que você podia deixar ela em paz, meu caro — disse Gatsby. — Foi você quem quis vir para a cidade.

Houve um momento de silêncio. A lista telefônica caiu de onde estava pendurada e se estatelou no chão, o que levou Jordan a sussurrar "Com licença". Mas dessa vez ninguém riu.

— Eu pego — me ofereci.

— Deixa comigo.

Gatsby examinou o cordão rompido, murmurou "hmmm!" de um jeito interessado e jogou a lista sobre uma cadeira.

— Você usa bastante essa expressão, não é? — disse Tom, rispidamente.

— Qual?

— Essa história de "meu caro". De onde você pegou isso?

— Olha só, Tom — disse Daisy, que deixara de olhar para o espelho e se virou —, se você vai fazer comentários pessoais, não vou ficar aqui nem mais um minuto. Ligue na recepção e peça gelo para um drinque de menta.

Quando Tom pegou o telefone, o calor comprimido se encheu de som e todos ficamos ouvindo os portentosos acordes da "Marcha nupcial" de Mendelssohn, que era tocada no salão de festas lá embaixo.

— Imagine se casar neste calor! — disse Jordan, abatida.

— Sim, mas eu me casei no meio de junho — lembrou Daisy. — Louisville em junho! Teve uma pessoa que desmaiou. Quem foi que desmaiou, Tom?

— Biloxi — respondeu ele, lacônico.

— Um sujeito chamado Biloxi. "Blocks" Biloxi, e ele vendia brocas, é verdade isso, e ele era de Biloxi, no Tennessee.

— Carregaram o sujeito para a minha casa — acrescentou Jordan — porque a gente morava a duas casas da igreja. E ele ficou lá por três semanas, até meu pai mandar o homem embora. Um dia depois de ele ir embora, meu pai morreu. — Depois de um instante, ela acrescentou, como se pudesse ter soado irreverente: — Uma coisa não estava ligada à outra.

— Eu conheci um Biloxi de Memphis — eu disse.

— Era o primo dele. Conheci a história da família inteira antes de ele sair lá de casa. Ele me deu um taco de alumínio que uso até hoje.

A música tinha cessado com o começo da cerimônia, e agora entrava pela janela uma longa sessão de gritos e aplausos, seguida por brados intermitentes de "Si-i-im!" e enfim por uma explosão de jazz, enquanto o baile começava.

— Estamos ficando velhos — disse Daisy. — Se fôssemos jovens, iríamos levantar e dançar.

— Lembre-se do Biloxi — disse Jordan, alertando Daisy. — Onde foi que vocês se conheceram, Tom?

— Biloxi? — Ele fez esforço para se concentrar. — Eu não conhecia. Ele era amigo da Daisy.

— Não, não era — ela negou. — Eu nunca tinha visto o sujeito antes. Ele chegou no vagão fretado.

— Bom, ele disse que te conhecia. Disse que foi criado em Louisville. Asa Bird trouxe o sujeito em cima da hora e perguntou se a gente tinha espaço para ele.

Jordan sorriu.

— Provavelmente ele estava só indo para casa. Ele me disse que era presidente da sua turma em Yale.

Tom e eu nos olhamos perplexos.

— O *Biloxi*?

— Em primeiro lugar, a gente não tinha presidente...

O pé de Gatsby tamborilou um pouco e de súbito Tom olhou para ele.

— Aliás, sr. Gatsby, ouvi dizer que se formou em Oxford.

— Não exatamente.

— Ah, sim. Eu soube que você frequentou Oxford.

— Sim, estive lá.

Uma pausa. Então a voz de Tom, incrédula e ofensiva:

— Você deve ter frequentado Oxford na mesma época em que Biloxi frequentou Yale.

Nova pausa. Um garçom bateu à porta e entrou com menta triturada e gelo, mas o silêncio não foi rompido pelo "obrigado" dele e pela porta se fechando suavemente. Aquele formidável detalhe seria enfim esclarecido.

— Eu disse que estive lá — disse Gatsby.

— Eu ouvi, mas queria saber quando.

— Foi em 1919, fiquei só cinco meses. É por isso que não posso dizer que me formei lá.

Tom olhou ao redor para ver se estávamos tão incrédulos quanto ele. Mas estávamos todos olhando para Gatsby.

— Foi uma oportunidade que ofereceram para alguns oficiais depois do Armistício — ele continuou. — Podíamos ir para qualquer universidade na Inglaterra ou na França.

Minha vontade era levantar e dar um tapinha nas costas dele. Tive uma daquelas renovações de fé absoluta em Gatsby, que eu já sentira antes.

Daisy levantou-se com um leve sorriso e foi para a mesa.

— Abra o uísque, Tom — ela mandou. — Vou fazer para você um drinque de menta. Aí você vai parar de se sentir tão burro... Veja essa menta!

— Um minuto — disse Tom —, quero fazer mais uma pergunta para o sr. Gatsby.

— Por favor — Gatsby disse educadamente.

— Qual é exatamente o tipo de problema que você está tentando causar na minha casa?

Finalmente a coisa tinha ficado escancarada, e Gatsby estava contente.

— Ele não está causando problema. — Daisy olhava desesperada de um para outro. — Você é que está causando um problema. Por favor, tente se controlar.

— Me controlar! — Tom repetiu incrédulo. — Imagino que a última moda seja relaxar e deixar que o sr. Ninguém Saído do Nada faça amor com sua esposa. Bom, se essa é a ideia, pode saber que eu estou fora... Hoje em dia as pessoas começam tirando sarro da vida em família e das instituições familiares e logo estão jogando tudo para o alto e fazendo casamentos inter-raciais entre negros e brancos.

Vermelho pela exaltação com que disse aquela bobajada, ele se viu no papel de defensor da última barreira da civilização.

— Somos todos brancos aqui — murmurou Jordan.

— Eu sei que não sou muito popular. Não dou grandes festas. Imagino que seja preciso transformar sua casa num chiqueiro para poder fazer amigos. Ao menos no mundo moderno.

Por mais furioso que eu estivesse, que todos estivéssemos, eu ficava tentado a rir toda vez que ele abria a boca. A transição do libertino para o puritano foi completa.

— Eu tenho uma coisa pra dizer pra *você*, meu caro... — Gatsby começou. Mas Daisy adivinhou a intenção dele.

— Por favor, não! — ela interrompeu, impotente. — Por favor vamos todos pra casa. Por que não vamos todos pra casa?

— É uma boa ideia. — Eu me levantei. — Vamos, Tom. Ninguém quer um drinque.

— Eu quero saber o que o sr. Gatsby tem a me dizer.

— A sua esposa não te ama — disse Gatsby. — Ela nunca te amou. Ela me ama.

— Você deve estar louco! — exclamou Tom automaticamente.

Gatsby se levantou, cheio de ânimo.

— Ela nunca te amou, está me ouvindo? — gritou ele. — Ela só se casou com você porque eu era pobre e ela estava cansada de esperar por mim. Foi um erro terrível, mas o coração dela continuou sendo só meu!

A essa altura Jordan e eu tentamos ir embora, mas Tom e Gatsby insistiram que ficássemos, competindo entre si na firmeza — como se nenhum deles tivesse nada a esconder e como se para nós fosse um privilégio compartilhar, indiretamente, das emoções deles.

— Sente-se, Daisy. — A voz de Tom tateou sem êxito em busca do tom paternal. — O que está acontecendo? Quero saber de tudo.

— Eu te disse o que está acontecendo — disse Gatsby. — Está acontecendo há cinco anos. E você não sabia.

Tom se virou bruscamente para Daisy.

— Você vem se encontrando com esse camarada há cinco anos?

— Encontrando não — disse Gatsby. — Não, a gente não podia se encontrar. Mas nós dois nos amávamos, meu caro, e você não sabia. Às vezes eu ria — mas em seus olhos não havia riso — de pensar que você não sabia.

— Ah, já basta.

Tom juntou seus dedos grossos uns contra os outros como um padre e se recostou na sua cadeira.

— Você está maluco! — ele explodiu. — Não tenho como falar sobre o que aconteceu cinco anos atrás, porque na época eu não conhecia Daisy. E sei muito bem que você não tinha como chegar a menos de um quilômetro dela a não ser que estivesse entregando compras na porta dos fundos. Mas todo o resto é uma mentira descarada. Daisy me amava quando nos casamos e ainda me ama.

— Não — disse Gatsby sacudindo a cabeça.

— Mas ela ama. O problema é que às vezes ela tem umas ideias tolas e não sabe o que faz. — Ele balançou a cabeça como se fosse um sábio. — E mais importante, eu também amo a Daisy. De vez em quando eu faço uma farra e viro um idiota, mas eu sempre volto, e meu coração é dela o tempo todo.

— Você é revoltante — disse Daisy. Ela se virou para mim, e sua voz, uma oitava mais baixa, encheu a sala com um desprezo arrebatador: — Você sabe por que a gente foi embora de Chicago? Estou surpresa que não tenham te contado a história daquela pequena farra.

Gatsby andou até Daisy e ficou ao seu lado.

— Daisy, acabou — disse ele com firmeza. — Não importa mais. Só conte a verdade, que você nunca o amou, e isso vai acabar para sempre.

Ela lançou um olhar vazio para Gatsby.

— Ora... como é que eu poderia... de alguma forma... amar Tom?

— Você nunca o amou.

Daisy hesitou. Os olhos dela recaíram sobre Jordan e sobre mim com uma espécie de apelo, como se enfim percebesse o que estava fazendo — e como se jamais tivesse pretendido, durante todo aquele tempo, fazer absolutamente nada. Mas agora estava feito. Era tarde demais.

— Eu nunca amei Tom — disse ela, com perceptível relutância.

— Nem em Kapiolani? — perguntou Tom de repente.

— Não.

Do salão de festas lá embaixo, acordes abafados e sufocantes subiam pelas ondas de calor.

— Nem no dia em que eu te carreguei nas cataratas do Punch Bowl para você não molhar os sapatos? — A voz dele tinha uma ternura áspera.... — Daisy?

— Por favor, pare. — A voz dela estava fria, mas o rancor tinha desaparecido. Ela olhou para Gatsby. — Pronto, Jay — disse Daisy, mas a mão dela tremia enquanto tentava acender um cigarro. De repente ela jogou o cigarro e o fósforo aceso no carpete. — Ah, você está exigindo demais! — ela gritou para Gatsby. — Eu te amo agora, isso não basta? Não tenho como mudar o passado. — Ela começou a chorar desamparada. — Cheguei a amar Tom, mas eu também te amei.

Os olhos de Gatsby se abriram e fecharam.

— Você *também* me amou? — ele repetiu.

— Até isso é mentira — Tom disse enfurecido. — Ela nem sabia que você estava vivo. Olha só, aconteceram coisas entre a Daisy e mim que você jamais vai saber, coisas que nenhum de nós pode esquecer.

As palavras pareceram causar um mal-estar físico em Gatsby.

— Eu quero falar com Daisy a sós — ele insistiu. — Ela está muito agitada agora...

— Mesmo sozinha, não posso falar que nunca amei Tom — admitiu ela, com uma voz triste. — Não seria verdade.

— Claro que não seria — concordou Tom.

Daisy se virou para o marido.

— Como se isso importasse para você — disse ela.

— É claro que importa. Eu vou cuidar melhor de você daqui em diante.

— Você não entende — disse Gatsby, com um leve pânico. — Você não vai mais cuidar dela.

— Não? — Tom arregalou os olhos e riu. Agora ele estava conseguindo se controlar. — E por quê?

— A Daisy vai te abandonar.

— Bobagem.

— Mas é verdade, eu vou — ela disse, com um esforço visível.

— Ela não vai me abandonar! — As palavras de Tom recaíram subitamente sobre Gatsby. — Não por um trapaceiro qualquer que teria que roubar um anel para colocar no dedo dela.

— Não vou aturar isso! — gritou Daisy. — Ah, por favor, vamos embora.

— Quem é você, afinal de contas? — irrompeu Tom. — Você é um daqueles caras que orbitam o Meyer Wolfshiem, até aí eu sei. Andei investigando os seus negócios... E amanhã vou mais fundo nisso.

— Fique à vontade, meu caro — disse Gatsby, seguro de si.

— Descobri o que era a tal "cadeia de farmácias". — Ele se virou para nós e falou rápido. — Ele e esse Wolfshiem compraram um monte de farmácias de beira de estrada aqui e em Chicago e vendiam álcool de cereais abertamente. Essa é só uma das façanhas dele. Quando nós nos vimos pela primeira vez, eu já imaginei que se tratava de um contrabandista, e não estava de todo errado.

— E o que é que tem isso? — disse Gatsby educadamente. — Imagino que seu amigo Walter Chase não tenha sido orgulhoso demais para participar disso.

— E vocês deixaram Walter na mão, não foi? Deixaram que ele ficasse preso por mais de um mês em Nova Jersey. Meu Deus! Você devia ouvir Walter falando quando o tema gira em torno de *você*.

— Ele veio procurar a gente completamente falido. Ficou bem feliz de levantar uma grana, meu caro.

— Não me chame de "meu caro"! — gritou Tom. Gatsby não disse nada. — Walter também podia ter pegado você com base na legislação de jogos de azar, mas o Wolfshiem deu um susto nele para que calasse a boca.

Aquele olhar pouco familiar, mas reconhecível, tinha voltado ao rosto de Gatsby.

— Aquele negócio das farmácias era bagatela — continuou Tom lentamente —, mas agora você está fazendo alguma coisa que o Walter ficou com medo de me contar.

Olhei para a Daisy, que voltava seu olhar apavorada para Gatsby e para o marido e para Jordan, que tinha começado a equilibrar na ponta do queixo algum objeto invisível, mas que a mantinha distraída. Então me virei para Gatsby — e fiquei surpreso com a expressão dele. Parecia — e digo isso com total desprezo pelas calúnias murmuradas no jardim dele — uma pessoa que tinha "matado alguém". Por um momento seu rosto pôde ser descrito desse modo fantástico.

A expressão passou, e ele começou a falar agitado com Daisy, negando tudo, defendendo seu nome contra acusações que não tinham sido feitas. Mas a cada palavra ela se recolhia mais e mais em si mesma, de modo que ele acabou desistindo, e apenas o sonho já morto seguia combatendo enquanto a tarde fugia, tentando tocar algo que não era mais tangível, lutando de modo infeliz, sem desanimar, para chegar àquela voz perdida do outro lado da sala.

A voz implorou de novo para ir embora.

— *Por favor*, Tom! Eu não aguento mais isso.

Os olhos assustados dela diziam que qualquer intenção, qualquer coragem que ela chegara a ter, agora a abandonara.

— Vão vocês dois para casa, Daisy — disse Tom. — No carro do sr. Gatsby.

Ela olhou para Tom, agora alarmada, mas ele insistiu com desdém magnânimo.

— Pode ir. Ele não vai te incomodar. Acho que ele percebeu que esse flertezinho presunçoso acabou.

Eles saíram sem uma palavra, destroçados, tornados acidentais, isolados até mesmo de nossa piedade, como fantasmas.

Depois de um momento Tom se levantou e começou a embrulhar na toalha a garrafa de uísque que ninguém tinha aberto.

— Quer um pouco, Jordan?... Nick?

Eu não respondi.

— Nick? — ele perguntou de novo.

— O quê?

— Quer um pouco?

— Não... Acabei de me lembrar que hoje é meu aniversário.

Eu estava completando trinta anos. À minha frente se estendia a prodigiosa e ameaçadora estrada de uma nova década.

Eram sete horas quando entramos no cupê com Tom e partimos para Long Island. Tom falava sem parar, exultando e rindo, mas a voz dele estava tão distante de Jordan e de mim quanto o clamor que vinha das calçadas ou o tumulto do elevado sobre nossa cabeça. A empatia humana tem seus limites e estávamos felizes por deixar que aquela discussão trágica ficasse para trás junto com as luzes da cidade. Trinta — a promessa de uma década de solidão, cada vez menor a lista de homens solteiros que eu poderia conhecer, cada vez menor minha bagagem de entusiasmo, cada vez menor a quantidade de cabelos sobre a cabeça. Mas havia Jordan a meu lado e ela, ao contrário de Daisy, era esperta demais para ficar levando de um ano para o outro seus sonhos esquecidos. Enquanto atravessávamos a ponte escura, o rosto pálido de Jordan caiu preguiçosamente sobre o ombro do meu paletó e, com a pressão tranquilizadora de sua mão, a aterradora badalada dos trinta anos deixou de ressoar.

Assim dirigimos rumo à morte em meio ao ameno crepúsculo.

* * *

Michaelis, o jovem grego que tocava o café ao lado da pilha de cinzas, foi a principal testemunha do inquérito. Ele tinha dormido durante o calor da tarde, até as cinco, quando foi andando até a oficina mecânica e encontrou George Wilson passando mal no escritório — passando realmente mal, tão pálido quanto seus próprios cabelos pálidos e tremendo de cima a baixo. Michaelis aconselhou-o a ir deitar, mas Wilson se recusou, dizendo que ia perder muitos negócios. Enquanto seu vizinho tentava convencê-lo, iniciou-se no andar de cima um barulho violento.

— Minha mulher está presa lá em cima — explicou Wilson tranquilamente. — Ela vai ficar lá até depois de amanhã e depois nós vamos embora daqui.

Michaelis ficou perplexo; eles eram vizinhos havia quatro anos e Wilson nunca nem de longe parecera capaz de dizer algo do gênero. Em geral ele era um desses sujeitos abatidos: quando não estava trabalhando, sentava-se em uma cadeira na porta e ficava olhando para as pessoas e para os carros que passavam pela estrada. Quando alguém falava com ele, invariavelmente ele ria de modo agradável, meio sem expressão. Pertencia à esposa, e não a si mesmo.

Assim, naturalmente Michaelis tentou descobrir o que havia acontecido, mas Wilson não dizia uma palavra — em vez disso, começou a lançar olhares curiosos, de suspeita, na direção do visitante e a perguntar o que ele estivera fazendo em determinados momentos de determinados dias. Bem quando Michaelis começava a ficar inquieto, alguns trabalhadores passaram pela porta na direção de seu restaurante e ele aproveitou a oportunidade para ir embora, pretendendo voltar mais tarde. Mas não voltou. Imaginava que tinha esquecido, só isso. Quando ele saiu de novo um pouco depois das sete, lembrou da conversa, ao ouvir a voz da sra. Wilson, alta, em tom de censura, no piso térreo da oficina.

— Bata em mim! — ele ouviu a mulher dizer. — Me jogue no chão e bata em mim, seu covardezinho sujo!

Um instante depois ela saiu correndo em direção ao crepúsculo, acenando com as mãos e gritando; antes que Michaelis pudesse alcançar a porta, tudo tinha acabado.

O "carro da morte", como os jornais chamavam, não parou; saiu da escuridão que se adensava, hesitou tragicamente por um momento e depois desapareceu na curva seguinte. Michaelis não tinha certeza nem da cor — disse ao primeiro policial que o carro era verde-claro. O outro carro, que ia na direção de Nova York, parou cem metros adiante, e seu motorista foi às pressas para o lugar onde Myrtle Wilson, ao ter sua vida violentamente extinta, caiu de joelhos, com seu sangue espesso e escuro misturado ao pó da estrada.

Michaelis e esse homem chegaram antes até Myrtle Wilson, mas quando rasgaram sua blusa ainda úmida de suor, viram que seu seio esquerdo estava dependurado como um pedaço de pano solto, e nem foi preciso escutar o coração. A boca estava escancarada e rasgada nos cantos, como se ela tivesse sufocado um pouco ao abrir mão da imensa vitalidade que armazenara por tanto tempo.

* * *

Vimos os três ou quatro carros e a multidão quando ainda estávamos a certa distância.

— Acidente! — disse Tom. — Isso é bom. Wilson finalmente vai ter um pouco de trabalho.

Ele reduziu a velocidade, mas ainda sem a menor intenção de parar, até que, ao chegar mais perto, os rostos silenciosos e concentrados das pessoas na porta da oficina mecânica fizeram com que ele pisasse automaticamente nos freios.

— Vamos dar uma olhada — disse ele hesitante —, só uma olhada.

Nesse momento eu me dei conta de um som oco, um gemido incessante que vinha da oficina, um som que, enquanto saíamos do cupê e andávamos na direção da porta, se transformou nas palavras "Ah, meu Deus!", repetidas várias e várias vezes num gemido ofegante.

— Aconteceu algo grave aqui — disse Tom, agitado.

Ele se aproximou na ponta dos pés e, por cima de um círculo de cabeças, olhou para dentro da oficina, que estava iluminada apenas por uma luz amarela num cesto de arame que balançava no teto. Então ele soltou um som áspero, gutural, e abriu caminho com um movimento de seus braços poderosos.

O círculo se fechou novamente com um murmúrio de repreensão; só depois de um minuto consegui ver alguma coisa. Então a chegada de mais gente desorganizou o círculo e de repente Jordan e eu fomos empurrados para dentro.

O corpo de Myrtle Wilson, enrolado num cobertor e depois em outro, como se ela estivesse com frio no meio daquela noite quente, jazia sobre uma bancada de trabalho perto da parede, e Tom, de costas para nós, estava reclinado sobre ele, imóvel. Ao lado de Tom havia um policial que viera de moto e que anotava nomes numa caderneta, com abundância de suor e correções. De início não consegui encontrar a fonte do lamento agudo que reverberava clamorosamente dentro da oficina de paredes nuas — e então vi Wilson de pé na porta alta de seu escritório, balançando para frente e para trás e se agarrando ao batente com as duas mãos. Um sujeito falava com ele em voz baixa e tentava, de tempos em tempos, colocar uma mão sobre seu ombro, mas Wilson estava surdo e cego. Com lentidão, seus olhos desciam da lâmpada oscilante para a bancada sobrecarregada perto da parede e depois voltavam para a luz, e ele pronunciava seu grito horrível, sem cessar.

— Ah, meus Deus! Ah, meu Deus! Ah, meu Deus! Ah, meu Deus!

Tom levantou a cabeça com um movimento brusco e, depois de olhar pela oficina com olhos vidrados, murmurou algo incoerente para o policial.

— M-A-V — o policial estava dizendo — O.

— Não, R — corrigiu o homem — M-A-V-R-O.

— Me escute! — Tom murmurou furioso.

— R — disse o policial — O.

— G.

— G. — Ele levantou o olhar quando a mão larga de Tom caiu com força sobre seu ombro. — O que você deseja, companheiro?

— O que aconteceu, é isso que eu quero saber!

— Atropelada. Morreu na hora.

— Morreu na hora — repetiu Tom, encarando o policial.

— Ela saiu correndo para a estrada. O filho da puta nem parou o carro.

— Tinha dois carros — disse Michaelis. — Um vindo, outro indo, percebe?

— Indo para onde? — perguntou o policial, atento.

— Um pra cada direção. Bom, ela... — A mão dele se elevou na direção dos cobertores, mas parou no meio do gesto e caiu ao lado do corpo. — Ela saiu correndo e o carro que estava vindo de Nova York bateu de frente com ela, a uns cinquenta, sessenta quilômetros por hora.

— Qual é o nome deste lugar aqui? — perguntou o policial.

— Não tem nome.

Um negro pálido, bem vestido, parou ali perto.

— Era um carro amarelo — ele disse —, um carro grande, amarelo. Novo.

— Você viu o acidente? — perguntou o policial.

— Não, mas o carro passou por mim mais adiante, a mais de setenta por hora. Uns oitenta, cem por hora.

— Vem aqui, deixa eu anotar seu nome. Cuidado aí. Quero pegar o nome dele.

Algumas palavras dessa conversa devem ter chegado a Wilson, balançando na porta do escritório, pois de súbito um novo tema passou a se manifestar em meio a seus gritos ofegantes.

— Não precisa me dizer que tipo de carro era! Eu sei que tipo de carro era!

Observando Tom, vi a massa de músculos da parte de trás de seus ombros tensionar debaixo do paletó. Ele foi andando rápido na direção de Wilson, parou diante dele e pegou-o com firmeza pelos antebraços.

— Você precisa se recompor — ele disse com uma aspereza calmante.

O olhar de Wilson recaiu sobre Tom; ele cambaleou para frente e teria caído de joelhos se Tom não o segurasse.

— Escute — disse Tom, sacudindo Wilson de leve. — Acabei de chegar aqui faz um minuto, vindo de Nova York. Eu estava te trazendo aquele cupê, como a gente conversou. O carro amarelo que eu estava dirigindo hoje de tarde não era meu, está ouvindo? Eu não vi aquele carro a tarde toda.

Só o negro e eu estávamos perto o suficiente para escutar o que ele disse, mas o policial percebeu algo no tom de voz dele e encarou Tom com olhos truculentos.

— O que está acontecendo? — ele perguntou.

— Sou amigo dele. — Tom virou a cabeça, mas manteve as mãos firmes no corpo de Wilson. — Ele diz que conhece o carro que causou o atropelamento... Foi um carro amarelo.

Algum impulso obscuro levou o policial a olhar de forma suspeita para Tom.

— E de que cor é o seu carro?

— É um carro azul, um cupê.

— Viemos direto de Nova York — eu disse.

Alguém, que vinha na estrada logo atrás de nós, confirmou e o policial deu meia-volta.

— Agora deixe eu anotar esse nome de novo direito...

Pegando Wilson como se fosse um boneco, Tom o carregou para dentro do escritório, sentou-o numa cadeira e voltou.

— Será que alguém pode vir aqui e se sentar com ele? — disse de um jeito autoritário.

Tom ficou observando enquanto os dois homens que estavam parados mais perto olharam um para o outro e entraram sem muita disposição na sala. Então Tom fechou a porta e desceu o único degrau, seus olhos evitando a bancada. Ao passar perto de mim ele sussurrou:

— Vamos embora.

Constrangidos, com seus braços imperativos abrindo caminho, forçamos passagem em meio à multidão que seguia se aglomerando, passamos por um médico apressado, maleta na mão, chamado num momento de esperança insensata meia hora antes.

Tom dirigiu devagar até passarmos a curva, depois o pé dele pisou forte e o cupê atravessou a noite às pressas. Pouco depois ouvi um soluço rouco e vi lágrimas escorrendo pelo rosto dele.

— Covarde desgraçado! — disse ele, chorando. — Nem parou o carro.

* * *

A casa dos Buchanans flutuou subitamente em nossa direção, em meio às negras árvores farfalhantes. Tom parou ao lado da varanda e olhou para o segundo andar, onde duas janelas resplandeciam, iluminadas em meio às videiras.

— Daisy está em casa — disse ele.

Quando saímos do carro, ele olhou para mim e franziu ligeiramente a testa.

— Eu devia ter deixado você em West Egg, Nick. Não tem nada que a gente possa fazer hoje.

Ele tinha passado por uma mudança e falava com seriedade, decidido. Enquanto caminhávamos pela trilha de cascalho até a varanda, sob o luar, Tom organizou a situação com algumas poucas frases rápidas.

— Vou pedir um táxi para te levar até em casa, e enquanto isso é melhor você e a Jordan irem para a cozinha e pedirem para prepararem algo... se é que querem comer. — Ele abriu a porta. — Entrem.

— Não, obrigado. Mas agradeço se você chamar o táxi. Espero aqui fora.

Jordan colocou a mão no meu braço.

— Você não quer entrar, Nick?

— Não, obrigado.

Eu estava me sentindo meio mal e queria ficar sozinho. Mas Jordan ficou ali mais um pouco.

— São só nove e meia — disse ela.

Eu não ia entrar de jeito nenhum; já tinha aguentado mais do que o suficiente para um dia, e de repente isso passou a valer também para Jordan. Ela deve ter percebido algo em minha expressão, pois se afastou abruptamente e subiu os degraus para entrar na casa. Eu me sentei por uns minutos com a cabeça nas mãos, até ouvir o mordomo pegar o telefone lá dentro e chamar um táxi. Então fui andando devagar para longe da casa, pois pretendia esperar o carro no portão.

Eu não tinha andado nem vinte metros quando escutei meu nome e Gatsby saiu do meio de dois arbustos. Eu devia estar me sentindo bem estranho àquela altura, porque a única coisa em que eu conseguia pensar era na luminosidade do terno rosa dele sob a luz do luar.

— O que está fazendo? — perguntei.

— Só estou parado aqui, meu caro.

De algum modo, me pareceu uma ocupação desprezível. Minha impressão era de que ele ia assaltar a casa dali a instantes; eu não ficaria surpreso caso visse atrás dele, entre os arbustos escuros, uns rostos sinistros, os rostos do "pessoal do Wolfshiem".

— Você viu algum problema na estrada? — perguntou ele depois de um minuto.

— Sim.

Ele hesitou.

— Ela morreu?

— Sim.

— Imaginei. Eu disse pra Daisy que imaginava que ela tinha morrido. Melhor que o choque viesse de uma vez só. Ela aguentou bem a notícia.

Ele falou como se a reação de Daisy fosse a única coisa que importasse.

— Peguei uma estrada secundária para West Egg — continuou ele — e deixei o meu carro na garagem. Acho que ninguém viu a gente, mas claro que não dá para ter certeza.

A essa altura minha aversão por ele era tão grande que nem achei necessário contar que ele estava errado.

— Quem era a mulher? — perguntou ele.

— O sobrenome dela era Wilson. O marido é dono da oficina. Como foi que aconteceu?

— Bom, eu tentei virar o volante... — Ele parou, e de repente adivinhei a verdade.

— A Daisy estava dirigindo?

— Sim — ele respondeu, após um momento. — Mas claro que eu vou dizer que era eu. Olha só, quando a gente saiu de Nova York ela estava muito nervosa e achou que se acalmaria dirigindo... E aquela mulher saiu correndo bem quando a gente estava passando por um carro que vinha no outro sentido. Tudo aconteceu num minuto, mas tive a impressão de que ela queria falar com a gente. Bom, primeiro a Daisy se afastou da mulher, indo na direção do outro carro, e depois ela perdeu a coragem e virou para o outro lado. No instante em que a minha mão tocou no volante, senti o choque... Ela deve ter morrido na hora.

— O corpo ficou dilacerado...

— Nem me conte, meu caro. — Ele estremeceu. — De qualquer jeito, a Daisy acelerou. Tentei fazer com que ela parasse, mas ela não conseguia, então puxei o freio de mão. Aí ela caiu no meu colo e eu continuei dirigindo. Amanhã ela vai estar bem — disse ele rápido. — Só vou esperar aqui e ver se ele não vai criar problema para ela por causa daquela história desagradável de hoje à tarde. Ela se trancou no quarto e, se ele tentar alguma brutalidade, ela vai piscar a luz.

— Ele não vai encostar nela — eu disse. — Ele não está pensando nela.

— Não confio nele, meu caro.

— Quanto tempo você vai esperar aqui?

— A noite inteira, se precisar. Pelo menos até todo mundo ir dormir.

Um novo ponto de vista passou pela minha cabeça. Imaginemos que Tom descobrisse que Daisy estava dirigindo.

O GRANDE GATSBY

Ele poderia pensar que havia uma conexão entre os fatos... ele poderia pensar qualquer coisa. Olhei para a casa: havia duas ou três janelas iluminadas no térreo e o brilho rosa que vinha do quarto de Daisy no segundo andar.

— Espere aqui — eu disse. — Vou ver se tem algum indício de agitação.

Andei de volta pela beira do gramado, atravessei com cuidado o piso de cascalho e fui na ponta dos pés até os degraus da varanda. As cortinas da sala estavam abertas, e vi que não havia ninguém lá. Atravessando a varanda onde tínhamos jantado naquela noite de junho três meses antes, cheguei a um pequeno retângulo de luz que adivinhei ser a janela da despensa. A cortina estava fechada, mas encontrei uma brecha no peitoril.

Daisy e Tom estavam sentados um de frente para o outro na mesa da cozinha com um prato de frango frito frio entre eles e duas garrafas de cerveja. Ele falava cuidadosamente de frente para ela e com toda a gravidade a mão dele havia pousado sobre a dela, cobrindo-a. De vez em quando ela levantava os olhos para ele e fazia que sim com a cabeça.

Eles não estavam felizes, e nenhum dos dois tinha encostado na comida nem na bebida — mas também não estavam infelizes. Era evidente o ar de intimidade natural na imagem, e qualquer um diria que eles estavam conspirando juntos.

Enquanto eu saía da varanda na ponta dos pés, ouvi meu táxi tateando seu caminho no trajeto escuro até a casa. Gatsby estava esperando no lugar em que eu o deixara.

— Tudo tranquilo por lá? — perguntou ele, ansioso.

— Sim, tudo tranquilo. — Hesitei. — Melhor você ir para casa e dormir um pouco.

Ele sacudiu a cabeça.

— Quero esperar aqui até a Daisy ir dormir. Boa noite, meu caro.

Ele colocou as mãos nos bolsos do paletó e voltou ansioso para seu escrutínio da casa, como se minha presença maculasse a sacralidade da vigília. E assim fui andando para longe e o deixei parado ali à luz da lua — vigiando o nada.

Capítulo 8

Não consegui dormir à noite; uma sirene de nevoeiro gemia incessante no estuário, e oscilei um tanto indisposto entre a realidade grotesca e assustadores sonhos selvagens. Perto do nascer do sol ouvi um táxi entrar na casa de Gatsby e imediatamente pulei da cama e comecei a me vestir — tinha a impressão de que precisava contar algo para ele, de que devia alertá-lo de algo e que se deixasse para de manhã seria tarde demais.

Atravessando o gramado dele, vi que a porta da frente da casa continuava aberta e que ele estava recostado contra uma mesa no saguão, tomado pelo desânimo ou pelo sono.

— Não aconteceu nada — disse ele, pálido. — Esperei, e lá pelas quatro horas ela saiu na janela e ficou ali por um minuto e depois apagou a luz.

A casa dele nunca me parecera tão enorme quanto naquela noite enquanto saímos pelos quartos à caça de cigarros. Afastamos cortinas que lembravam pavilhões e tateamos incontáveis metros de paredes escuras em busca de interruptores de luz elétrica. A certa altura dei uma espécie de mergulho e caí sobre as teclas de um piano espectral. Havia uma quantidade inexplicável de poeira em toda parte e os cômodos estavam embolorados, como se não tivessem sido arejados por muitos dias. Encontrei a caixa de cigarros sobre uma mesa que eu nunca tinha visto, com dois cigarros velhos e secos dentro. Após abrir as portas francesas da sala de estar, sentamos para fumar na escuridão.

— Você devia ir embora — eu disse. — É bem provável que encontrem seu carro.

— Ir embora *agora*, meu caro?

— Vá passar uma semana em Atlantic City. Ou em Montreal.

Ele não queria nem saber disso. Não deixaria Daisy de jeito nenhum antes de saber o que ela faria. Ele se agarrava a uma última esperança, e eu não consegui libertá-lo.

Foi naquela noite que ele me contou a estranha história de sua juventude com Dan Cody — ele contou porque a dura maldade de Tom havia estilhaçado "Jay Gatsby" feito vidro e aquela longa e secreta encenação estava prestes a acabar. Acho que àquela altura ele teria admitido tudo, sem reservas, mas ele queria falar sobre Daisy.

Ela fora a primeira garota "bacana" que conhecera. Em várias funções obscuras ele tinha entrado em contato com gente desse tipo, mas sempre havia um arame farpado invisível entre eles. Daisy era desejável de um jeito empolgante, ele achou. Foi à casa dela, no começo com outros oficiais de Camp Taylor, depois sozinho. A casa o deixou espantado — jamais estivera em uma casa tão bonita antes. Mas o que lhe dava uma intensidade de tirar o fôlego era o fato de Daisy morar ali — para ela era algo tão casual quanto a barraca no acampamento era casual para ele. Havia um mistério consumado naquilo, indícios de quartos mais belos e frescos no andar superior, de atividades alegres e radiantes acontecendo em seus corredores e de romances que não eram embolorados e guardados em lavanda, mas sim frescos e arejados e cheiravam a carros novos daquele ano e a danças cujas flores mal haviam murchado. Estimulava-o também o fato de tantos homens já terem amado Daisy — isso aumentava o valor dela aos olhos dele. Sentia a presença daqueles homens na casa toda, impregnando o ar com suas sombras e com os ecos de emoções que ainda pulsavam.

Mas ele sabia que sua presença na casa de Daisy era um acidente colossal. Independentemente de quão glorioso viesse a ser seu futuro como Jay Gatsby, naquele momento ele era um rapaz sem dinheiro nenhum e com um passado, e a qualquer momento a capa invisível de seu uniforme podia cair dos ombros. Por isso ele aproveitou o tempo ao máximo. Servia-se de tudo que podia, de modo voraz e inescrupuloso — e numa noite tranquila de outubro, apossou-se de Daisy, tomou-a por não ter sequer o direito de tocar na mão dela.

Ele poderia ter se desprezado, pois tinha usado de falsas premissas para fazer o que fez. Não digo que tenha feito uso de seus milhões inexistentes, mas ele deliberadamente deu a Daisy uma sensação de segurança; deixou que ela acreditasse que ele pertencia ao mesmo estrato social — que era perfeitamente capaz de cuidar dela. Na verdade ele não tinha como fazer isso — não tinha uma família em condição confortável, que lhe desse amparo, e podia ser mandado para qualquer parte do mundo, ao bel-prazer de um governo impessoal.

Porém ele não se desprezou e as coisas não aconteceram conforme havia imaginado. Provavelmente tinha a intenção de servir-se do que pudesse e ir embora — mas então percebeu que se comprometera com a busca de um graal. Ele sabia que Daisy era excepcional, mas não tinha percebido quão extraordinária uma "moça decente" podia ser. Ela desapareceu em sua casa opulenta, em sua vida plena e opulenta, deixando para Gatsby... nada. Ele se sentia casado com ela, era isso.

Quando se viram dois dias depois, foi Gatsby quem ficou sem fôlego, quem se sentiu de certa forma traído. A varanda dela estava iluminada com o luxo do brilho das estrelas que o dinheiro pôde comprar; o vime do sofá rangeu elegantemente quando Daisy se virou para ele e ele beijou sua boca curiosa e bela. Ela estava resfriada e isso deixava sua voz mais rouca e mais encantadora do que nunca, e Gatsby teve uma avassaladora consciência da juventude e do mistério que a riqueza aprisiona e preserva, do frescor do vestuário e de Daisy, que reluzia como prata, a salvo e orgulhosa, acima dos esforços árduos dos pobres.

* * *

— Nem sei descrever como fiquei surpreso quando descobri estar apaixonado por ela, meu caro. Até torci por um tempo para que ela me dispensasse, mas não me dispensou, porque também estava apaixonada. Daisy achava que eu conhecia muitas coisas, porque eu conhecia coisas que eram diferentes das coisas que ela conhecia... Bom, ali estava eu, bem longe das minhas ambições, ficando mais apaixonado a cada minuto, e de repente eu não me importava mais. De que adiantava fazer grandes coisas se era muito melhor passar o tempo contando para ela o que eu ia fazer?

Na última tarde antes de sair do país, ele se sentou com Daisy em seus braços por um longo tempo, em silêncio. Era um dia frio de outono, a lareira estava acesa e o rosto dela estava corado. De vez em quando ela se mexia e ele mudava o braço ligeiramente de posição, e a certa altura ele beijou os cabelos escuros e brilhantes dela. A tarde os deixou tranquilos por um tempo como se lhes oferecesse uma lembrança profunda para a longa separação que o dia seguinte prometia. Jamais haviam estado tão perto no seu mês de paixão nem haviam se comunicado de forma mais profunda entre si do que quando ela roçou seus lábios silenciosos no ombro do paletó dele ou quando ele tocou a ponta dos dedos dela, gentilmente, como se ela estivesse dormindo.

*   *   *

Ele se saiu excepcionalmente bem na guerra. Virou capitão antes de chegar ao front e depois da batalha de Argonne foi promovido a major e recebeu o comando de uma divisão de metralhadoras. Depois do Armistício, tentou freneticamente chegar em casa, mas alguma complicação ou algum mal-entendido o enviou para Oxford. Ele estava preocupado — as cartas de Daisy tinham um tom de nervosismo, de desespero. Ela não entendia por que Gatsby não voltava. Ela estava sentindo a pressão do mundo exterior e queria vê-lo e sentir a presença dele ao seu lado e ter certeza de que ele estava fazendo a coisa certa, afinal de contas.

Pois Daisy era jovem e seu mundo artificial cheirava a orquídeas e a um esnobismo agradável e alegre, e a orquestras que marcavam o ritmo do ano, resumindo em novas melodias a tristeza e a sensualidade da vida. À noite toda, os saxofones gemiam os comentários desesperados do "Beale Street Blues"[32] ao mesmo tempo que cem pares de sapatos de ouro e prata se arrastavam sobre a poeira reluzente. À hora cinzenta do chá, sempre havia cômodos pulsando sem cessar com aquela febre doce e baixa, ao mesmo tempo que rostos frescos seguiam à deriva pelo salão, aqui e acolá, como pétalas de rosa sopradas pelos tristes trompetes.

Em meio àquele universo crepuscular, Daisy voltou a mover-se com o passar da estação; de repente ela estava de novo saindo para meia dúzia de encontros com meia dúzia de homens e indo dormir quando o dia nascia, com as miçangas e o *chiffon* de um vestido de noite emaranhados nas orquídeas agonizantes no chão, ao lado da cama. E o tempo todo algo dentro dela implorava por uma decisão. Ela queria

---

32 Blues popular de 1917 composto por W. C. Handy.

O GRANDE GATSBY

que sua vida tomasse forma naquele instante, imediatamente — e a decisão devia ser tomada por alguma força — a força do amor, do dinheiro, do inquestionável pragmatismo — que estivesse à mão.

Essa força tomou forma na metade da primavera, com a chegada de Tom Buchanan. Havia uma saudável solidez nele e na posição que ele ocupava, e Daisy se sentiu lisonjeada. Sem dúvida houve uma certa resistência e um certo alívio. Gatsby recebeu a carta ainda em Oxford.

* * *

Agora o dia raiava em Long Island e saímos abrindo as outras janelas do andar de baixo, enchendo a casa com luz que se tornava cinza, depois dourada. A sombra de uma árvore caiu abruptamente sobre o orvalho e pássaros espectrais começaram a cantar em meio às folhas azuis. O ar tinha um movimento lento e agradável, que mal chegava a ser vento, e que prometia um dia fresco, adorável.

— Acho que ela nunca se apaixonou por ele. — Gatsby, que olhava para uma janela, se virou e olhou para mim com um ar desafiador. — Você precisa lembrar, meu caro, que ela estava muito agitada hoje à tarde. Ele disse aquelas coisas de uma forma que foi assustadora para ela... uma forma que me fez parecer uma espécie de trapaceiro barato.

Ele se sentou com um ar abatido.

— Claro que ela pode ter se apaixonado por ele por um instante, quando eles tinham acabado de se casar... e mesmo assim ela me amava mais, percebe?

De repente ele fez uma observação curiosa.

— Em todo caso — disse ele —, foi só pessoal.

O que se podia entender disso senão suspeitar que ele concebia aquele romance como algo de uma intensidade imensurável?

Ele voltou da França quando Tom e Daisy ainda estavam em lua de mel, e fez uma viagem triste, porém irresistível, para Louisville com o que havia restado do salário do Exército. Ficou lá por uma semana, andando pelas ruas, onde os passos deles haviam ressoado juntos naquela noite de novembro, e revisitando lugares remotos aos quais tinham ido no carro branco dela. Assim como a casa de Daisy sempre lhe parecera mais misteriosa e alegre que outras casas, a ideia que ele tinha da cidade em si, ainda que ela tivesse partido de lá, estava impregnada por uma beleza melancólica.

Gatsby partiu com a sensação de que, se tivesse procurado com mais empenho, poderia tê-la encontrado — de que a estava deixando para trás. O vagão de terceira classe — ele ficara completamente sem dinheiro — estava quente. Ele saiu para o vestíbulo ao ar livre e se sentou numa cadeira dobrável, e a estação ficou para trás e os fundos de prédios desconhecidos se moveram. Então o trem passou por campos primaveris, onde um bonde amarelo correu ao lado deles por um minuto levando pessoas que em algum momento podem ter visto a pálida magia do rosto dela andando casualmente pela rua.

A estrada de ferro fez uma curva e estava se afastando do sol, que, ao baixar, parecia se espalhar abençoando a cidade que desaparecia, de onde Daisy extraíra o ar para sua respiração. Ele estendeu a mão desesperadamente como se para agarrar ao menos um sopro de ar, para guardar um fragmento do lugar que ela tornara tão lindo. Mas a essa altura tudo passava rápido demais diante de seus olhos borrados, e ele sabia que havia perdido uma parte daquilo, a mais estimulante e melhor parte, para sempre.

* * *

Eram nove horas quando terminamos de tomar café da manhã e saímos para a varanda. A noite fizera uma enorme diferença no clima e havia um sabor de outono no ar. O jardineiro, o último dos antigos criados de Gatsby, chegou até o pé da escadaria.

— Vou esvaziar a piscina hoje, sr. Gatsby. Logo vai começar a cair folhas e isso sempre causa problema no encanamento.

— Não faça isso hoje — respondeu Gatsby. Ele se virou para mim como se pedindo desculpas. — Sabe, meu caro, que não usei aquela piscina o verão inteiro?

Olhei para meu relógio e levantei.

— Doze minutos para o meu trem.

Eu não queria ir à cidade. Não estava em condições de trabalhar decentemente, mas era mais do que isso — eu não queria deixar Gatsby. Perdi aquele trem, depois mais um, antes de decidir ir embora.

— Eu te ligo.

— Faça isso, meu caro.

— Te ligo lá pelo meio-dia.

Descemos os degraus lentamente.

— Imagino que Daisy também vá ligar. — Ele me olhou ansioso como se esperasse minha confirmação.

— Imagino que sim.

— Bom, adeus.

Apertamos as mãos e parti. Pouco antes de chegar à sebe, me lembrei de algo e dei meia-volta.

— Essa gente é podre — gritei do outro lado do gramado. — Você vale mais que todos eles juntos.

Ter dito isso sempre me deixou feliz. Foi o único elogio que lhe fiz, porque eu tinha uma opinião negativa sobre ele desde o início. Primeiro ele fez que sim com a cabeça, educadamente, e depois seu rosto se abriu naquele sorriso radiante e compreensivo, como se o tempo todo tivéssemos participado de um extático complô. O belo terno rosa que ele estava vestindo criou um ponto brilhante colorido contra os degraus brancos, e lembrei da primeira noite em que fui à sua casa ancestral, três meses antes. O gramado e a entrada para carros estavam cheios de rostos que especulavam sobre a corrupção em torno de Gatsby — e ele estava naqueles degraus, ocultando seu sonho incorruptível enquanto acenava para eles.

Agradeci a hospitalidade. Estávamos sempre lhe agradecendo a hospitalidade — eu e os outros.

— Adeus — gritei. — Obrigado pelo café da manhã, Gatsby.

* * *

Na cidade tentei durante um tempo listar a cotação de uma quantidade interminável de ações, depois caí no sono em minha cadeira giratória. Pouco antes do meio-dia o telefone me acordou e eu despertei assustado com suor na testa. Era Jordan Baker; era comum ela me ligar a essa hora, porque a inconstância nas mudanças de hotéis e nos traslados para clubes e casas tornava difícil encontrá-la de outro modo. A voz dela costumava atravessar os cabos de telefonia como algo fresco e calmo, como se um torrão de um campo verde de golfe tivesse chegado até a janela do escritório, mas naquela manhã soou dura e seca.

— Saí da casa de Daisy — disse ela. — Estou em Hempstead e vou hoje à tarde para Southampton.

Provavelmente foi delicado da parte dela sair da casa de Daisy, mas aquilo me irritou, e o que ela falou em seguida me deixou tenso.

— Você não foi muito gentil comigo ontem à noite.

— Mas que importância tinha isso naquele momento?
Silêncio por um instante. Depois...
— Mesmo assim... quero ver você.
— Também quero te ver.
— E se eu não for para Southampton e for para a cidade hoje à tarde?
— Não, acho que hoje à tarde não.
— Muito bem.
— Hoje à tarde é impossível. Muita...

Continuamos conversando assim por um tempo e então abruptamente paramos de falar. Não sei qual de nós desligou com um clique contundente, mas agora eu não me importava. Eu não conseguiria falar com ela numa mesa de chá naquela tarde mesmo que eu jamais fosse conseguir falar com ela outra vez neste mundo.

Liguei para a casa de Gatsby minutos depois, mas a linha estava ocupada. Tentei quatro vezes; por fim uma telefonista exasperada disse que a linha estava sendo mantida aberta para chamadas de longa distância de Detroit. Com minha tabela de horários de trens, fiz um pequeno círculo em torno do trem das três e cinquenta. Depois me recostei na cadeira e tentei pensar. Era só meio-dia.

* * *

Quando passei pelos montes de cinzas naquela manhã, eu havia deliberadamente atravessado para o outro lado do vagão. Supus que haveria uma multidão de curiosos ali o dia todo, com menininhos procurando manchas escuras no meio da poeira e algum sujeito tagarela contando várias vezes o que tinha acontecido até aquilo se tornar cada vez menos real mesmo para si mesmo e ele não ter como continuar contando a história e o destino trágico de Myrtle Wilson ser esquecido. Agora quero voltar um pouco e contar o que aconteceu na oficina depois que saímos de lá na noite anterior.

Foi difícil localizar a irmã, Catherine. Naquela noite ela deve ter violado sua regra de não beber, pois quando chegou estava embotada de bêbada e não conseguia entender que a ambulância já fora para Flushing. Quando a convenceram disso ela desmaiou na hora, como se aquela fosse a parte intolerável da história toda. Alguém gentil ou curioso levou-a de carro atrás do corpo da irmã.

Até muito depois da meia-noite, uma multidão se revezou em frente à oficina enquanto lá dentro George Wilson balançava para frente e para trás no sofá. Por um tempo a porta do escritório ficou aberta e todo mundo que entrava na oficina achava irresistível dar uma olhadinha. Por fim alguém disse que aquilo era uma vergonha e fechou a porta. Michaelis e vários outros homens estavam com ele — primeiro quatro ou cinco homens, depois dois ou três. Mais tarde Michaelis ainda precisou pedir ao último desconhecido que ficasse ali mais quinze minutos para ele ir até sua lanchonete fazer uma garrafa de café. Depois ele ficou lá sozinho com Wilson até o amanhecer.

Por volta de três da manhã, a natureza do murmúrio incoerente de Wilson mudou — ele ficou mais quieto e começou a falar sobre o carro amarelo. Anunciou que tinha um jeito de descobrir a quem pertencia o carro, e depois falou que uns meses antes sua esposa tinha vindo da cidade com o rosto machucado e o nariz inchado.

Mas quando se ouviu dizer isso, ele teve um estremecimento e começou a gritar "Ah, meu Deus!". De novo naquela voz de lamento. Michaelis fez uma tentativa desajeitada de distraí-lo.

— Quanto tempo você ficou casado, George? Vamos, tente ficar parado um minuto e responder à minha pergunta. Quanto tempo você ficou casado?

— Doze anos.

— Teve filhos? Vamos, George, fique parado, eu te fiz uma pergunta. Vocês tiveram filhos?

Os besouros marrons de casca dura continuavam batendo contra a luz fraca, e toda vez que Michaelis ouvia um carro rasgando a estrada do lado de fora lembrava do carro que não tinha parado algumas horas antes. Ele não gostava de entrar na oficina porque a bancada de trabalho estava manchada no lugar em que o corpo ficara e por isso ele andava desconfortavelmente pelo escritório — antes do amanhecer já conhecia todos os objetos que havia ali —, e de tempos em tempos se sentava ao lado de Wilson tentando mantê-lo mais tranquilo.

— Tem alguma igreja que você frequenta de vez em quando, George? Mesmo que não vá lá faz tempo? Quem sabe eu posso ligar para a igreja e chamar um padre, ele podia falar com você, hein?

— Não sou de nenhuma igreja.

— Você devia ter uma igreja, George, pra momentos como esse. Deve ter ido à igreja alguma vez. Você não se casou na igreja? Escute, George, me escute. Você não se casou na igreja?

— Isso faz muito tempo.

O esforço de responder quebrou o ritmo do balanço dele — por um momento ficou parado. Então o mesmo olhar meio alerta, meio perplexo voltou a seus olhos murchos.

— Olhe naquela gaveta — disse ele, apontando para a escrivaninha.

— Qual gaveta?

— Aquela gaveta, aquela ali.

Michaelis abriu a gaveta mais próxima. Não havia nada ali, exceto uma coleira de cachorro pequena e com jeito de cara, feita de couro com adornos de prata. Aparentemente era nova.

— Isso aqui? — perguntou ele, erguendo a coleira.

Wilson olhou e fez que sim com a cabeça.

— Encontrei ontem à tarde. Ela tentou me explicar, mas eu sabia que tinha alguma coisa estranha.

— Está me dizendo que foi a sua esposa que comprou?

— Estava embrulhado em papel de seda na escrivaninha dela.

Michaelis não via nada estranho naquilo e ofereceu a Wilson uma dúzia de razões para que a esposa tivesse comprado uma coleira. Mas é de imaginar que Wilson já tivesse ouvido de Myrtle algumas daquelas mesmas explicações antes, porque ele começou a dizer "Ah, meu Deus!" de novo, em um sussurro — e Michaelis, que tentava consolá-lo, deixou várias explicações no ar.

— Depois ele matou ela — disse Wilson.

De súbito sua boca se escancarou.

— Quem matou?

— Eu sei como descobrir.

— Você está sendo mórbido, George — disse o amigo. — Isso tudo foi muito difícil e você não sabe o que está dizendo. Seria melhor se sentar e tentar ficar quieto até amanhecer.

— Ele matou Myrtle.

— Foi um acidente, George.

Wilson sacudiu a cabeça. Os olhos dele se estreitaram e sua boca se abriu levemente com o fantasma de um altivo "hmmm!".

— Eu sei — disse ele com um ar definitivo —, eu sou desses sujeitos que confia nos outros e não pensa mal de *ninguém*, mas quando sei uma coisa eu realmente sei que é verdade. Foi o sujeito que estava naquele carro. Ela correu para falar com ele e ele não parou.

Michaelis também tinha visto isso, mas não havia lhe passado pela cabeça que aquilo tivesse algum significado especial. Acreditava que a sra. Wilson estava fugindo do marido, e não que estivesse tentando parar um carro específico.

— Como ela poderia ter feito isso?

— Ela é cheia de mistérios — disse Wilson, como se isso respondesse à pergunta. — Ahhhhh.

Ele começou a se balançar de novo e Michaelis ficou de pé retorcendo a coleira nas mãos.

— Quem sabe você tenha algum amigo para quem eu possa ligar, George?

Era uma esperança vã — ele estava quase certo de que Wilson não tinha amigos: não havia o suficiente de si nem para a esposa. Michaelis ficou feliz pouco depois ao notar uma mudança na sala, um azul despertando na janela, e percebeu que a aurora não estava longe. Perto das cinco horas, lá fora estava azul o suficiente para que pudesse apagar a luz.

Os olhos vidrados de Wilson se voltaram para o monte de cinzas, onde pequenas nuvens cinzentas assumiam formas fantásticas e se precipitavam pra cá e pra lá na leve brisa da manhã.

— Eu falei com ela — murmurou ele, após um longo silêncio. — Eu disse que ela podia me enganar, mas que não tinha como enganar Deus. Levei ela até a janela... — Com esforço ele se levantou e andou até a janela dos fundos e se inclinou encostando a cabeça no vidro. — E eu disse: "Deus sabe o que você andou fazendo, tudo que você andou fazendo. Você pode me enganar mas não tem como enganar Deus!".

Parado atrás de Wilson, Michaelis viu chocado que ele estava olhando para os olhos do dr. T. J. Eckleburg, que acabavam de emergir pálidos e enormes da noite que se dissolvia.

— Deus vê tudo — repetiu Wilson.

— Aquilo é um anúncio — Michaelis tranquilizou-o.

Algo fez com que ele se afastasse da janela e olhasse para a sala. Mas Wilson permaneceu ali por um longo tempo, com o rosto perto do vidro, fazendo que sim com a cabeça em direção ao alvorecer.

* * *

Por volta das seis horas, Michaelis estava exausto e ficou grato ao ouvir o som de um carro parando lá fora. Era um dos sentinelas da noite anterior que prometera voltar; ele havia preparado café da manhã para três pessoas, que ele e o outro homem comeram juntos. Wilson estava mais calmo agora e Michaelis foi para casa dormir; quando acordou quatro horas depois e voltou às pressas para a oficina, Wilson não estava mais lá.

O trajeto dele — deslocou-se a pé o tempo todo — foi reconstruído mais tarde, e soube-se que ele foi a Port Roosevelt e depois a Gad's Hill, onde comprou um sanduíche que não comeu e uma xícara de café. Devia estar cansado e andando devagar, pois chegou a Gad's Hill só ao meio-dia. Até esse ponto não houve dificuldade em saber o que ele fez — havia uns garotos que viram um sujeito "agindo como se estivesse meio doido" e motoristas para quem ele olhara de maneira estranha da beira da estrada. Depois, por três horas, ele desapareceu de cena. A polícia, com base no que Wilson dissera a Michaelis, que "tinha como descobrir", supôs que ele passara aquele tempo indo de oficina em oficina na região, perguntando por um carro amarelo. No entanto, nenhum dos mecânicos que o haviam visto se apresentou para a polícia — e pode ser que ele tivesse um modo mais simples e garantido de descobrir o que queria saber. Lá pelas duas e meia ele estava em West Egg, onde perguntou como chegar à casa de Gatsby. Portanto, a essa altura ele sabia o nome de Gatsby.

Às duas horas, Gatsby pôs seu traje de banho e avisou ao mordomo que, caso alguém ligasse, ele devia ser avisado na piscina. Parou na garagem para pegar um colchão inflável que havia divertido seus convidados durante o verão, e o motorista o ajudou a enchê-lo. Depois deu ordens para que o conversível não fosse colocado para fora sob nenhuma circunstância — e isso era estranho, porque o para-lamas dianteiro direito precisava de conserto.

Gatsby agarrou o colchão e foi para a piscina. Em certo momento parou e mudou o colchão de posição, e o motorista perguntou se precisava de ajuda, mas ele sacudiu a cabeça e num instante desapareceu entre as árvores amareladas.

Não chegou nenhuma mensagem telefônica, porém o mordomo ficou sem seu cochilo e esperou pelo telefonema até as quatro horas — quando não havia mais ninguém para dar o recado, caso chegasse algum. Acho que o próprio Gatsby já não acreditava que o telefonema viria e talvez nem se importasse mais. Se isso fosse verdade, ele deve ter sentido que tinha perdido o velho e cálido mundo, que pagara um preço alto por viver tempo demais por um único sonho. Deve ter olhado para cima, para um céu desconhecido através das folhas assustadoras, e deve ter tremido ao descobrir quão grotesca é uma rosa e como a luz do sol era agressiva sobre a grama que mal brotara. Um novo mundo, material sem ser real, onde pobres fantasmas, respirando sonhos como ar, seguiam à deriva... como aquela figura cinzenta e fantástica deslizando em direção a Gatsby em meio às árvores amorfas.

O motorista, que era um dos protegidos de Wolfshiem, ouviu os tiros — mais tarde só sabia dizer que não pensara que fosse nada importante. Fui de carro direto da estação para a casa de Gatsby, e o fato de eu correr ansioso até os degraus da frente foi a primeira coisa que os alarmou. Mas eles já sabiam, acredito firmemente nisso. Mal pronunciamos uma palavra, e nós quatro — o motorista, o mordomo, o jardineiro e eu — corremos até a piscina.

Havia um leve, quase imperceptível, movimento na água à medida que um novo fluxo de uma das extremidades abria caminho até o ralo na outra ponta. Com pequenas ondulações que mal chegavam a ser ondas, o colchão inflável se movia irregularmente pela piscina. Uma pequena rajada de vento, que mal enrugou a superfície, bastou para perturbar seu curso acidental. O toque de um feixe de folhas fez o inflável girar com lentidão, traçando, como um compasso, um fino círculo vermelho na água.

Só depois que partimos com Gatsby na direção da casa, o jardineiro viu o corpo de Wilson um pouco mais adiante na grama, e o holocausto estava completo.

Capítulo 9

Após dois anos, eu me lembro do resto daquele dia, e da noite e do dia seguintes, apenas como uma série infinita de policiais e fotógrafos e repórteres entrando e saindo da casa de Gatsby. Uma corda estava esticada no portão, e um policial mantinha os curiosos afastados, mas os meninos pequenos logo descobriram que conseguiam entrar pelo meu jardim, e sempre havia alguns deles boquiabertos, aglomerados em torno da piscina. Alguém com um jeito confiante, talvez um detetive, usou a expressão "tresloucado" enquanto se debruçava sobre o corpo de Wilson naquela tarde, e a autoridade aleatória de sua voz deu o tom para as matérias jornalísticas da manhã seguinte.

A maioria das reportagens era um pesadelo: grotescas, circunstanciais, ávidas e mentirosas. Quando o depoimento de Michaelis no inquérito trouxe à luz a suspeita de Wilson em relação à esposa, imaginei que a história toda em breve seria servida ao público no estilo do sensacionalismo picante — mas Catherine, que podia ter dito algo, ficou em silêncio. Ela também demonstrou um caráter surpreendentemente íntegro — olhou para o legista com olhos resolutos sob suas sobrancelhas desenhadas e jurou que a irmã jamais vira Gatsby, que a irmã era completamente feliz com o marido, que a irmã não fizera absolutamente nada imoral. Convencida daquilo, chorou no seu lenço como se até mesmo aquela sugestão fosse mais do que ela podia suportar.

Assim, Wilson ficou reduzido a um homem "enlouquecido pela dor" para que o caso permanecesse o mais simples possível. E assim ficou.

Porém toda essa parte da história parecia remota e secundária. Eu me peguei do lado de Gatsby, e sozinho. Desde que liguei para West Egg Village contando da catástrofe, era a mim que procuravam para tratar de qualquer conjectura sobre ele, de toda questão prática. De início fiquei surpreso e confuso; depois, como Gatsby jazia em sua casa sem se mover nem respirar nem falar, a cada hora que passava fiquei mais consciente de que aquilo era minha responsabilidade, porque não havia ninguém mais interessado — interessado, digo, com aquele interesse pessoal intenso a que todos têm um vago direito, no fim.

Liguei para Daisy meia hora depois de o encontrarmos, liguei por instinto e sem hesitar. Mas ela e Tom haviam partido no começo da tarde, e levando bagagens.

— Não deixaram endereço?
— Não.
— Disseram quando voltam?
— Não.
— Alguma ideia de onde estão? De como posso falar com eles?
— Não sei. Não posso dizer.

Eu queria conseguir alguém para ficar com ele. Queria entrar na sala onde ele estava e tranquilizá-lo: "Vou conseguir alguém para ficar com você, Gatsby. Não se preocupe. Só confie em mim e vou conseguir alguém para ficar com você...".

O nome de Meyer Wolfshiem não estava na lista telefônica. O mordomo me deu o endereço do escritório dele na Broadway e liguei para o serviço de informações, mas quando consegui o número já eram bem mais de cinco horas e ninguém atendeu.

— Você pode tentar de novo?
— Eu tentei três vezes.
— É muito importante.
— Lamento. Infelizmente parece que não tem ninguém lá.

Voltei para a sala de estar e pensei por um instante que todos aqueles funcionários públicos que de repente encheram a casa eram visitantes casuais. Mas enquanto eles afastavam o lençol e olhavam para Gatsby com seus olhos impassíveis, o protesto dele continuou no meu cérebro.

— Olha só, meu caro, você precisa arranjar alguém para ficar comigo. Você tem que se esforçar. Não consigo passar por isso sozinho.

Alguém começou a me fazer perguntas, mas me afastei e, enquanto ia para o andar de cima, comecei a procurar às pressas, nas partes da escrivaninha que não estavam trancadas — ele nunca me dissera de maneira definitiva que seus pais estavam mortos. Mas não havia nada lá — somente o retrato de Dan Cody, testemunho de uma violência esquecida olhando da parede.

Na manhã seguinte mandei o mordomo para Nova York com uma carta para Wolfshiem pedindo informações e incitando-o a vir no próximo trem. Esse pedido pareceu supérfluo quando escrevi. Eu tinha certeza de que ele viria assim que visse os jornais, como tive certeza de que Daisy mandaria um telegrama antes do meio-dia — mas não chegou nenhum telegrama do sr. Wolfshiem, tampouco apareceu qualquer pessoa que não fosse policial ou fotógrafo ou repórter. Quando o mordomo voltou com a resposta de Wolfshiem, comecei a ter uma sensação de provocação, de uma solidariedade cheia de desdém entre Gatsby e mim, contra todos os outros.

> *Caro sr. Carraway.*
> *Esse foi um dos mais terríveis choques de minha vida e mal posso acreditar que seja verdade. Um ato tresloucado como o que esse homem cometeu leva todos nós a pensar. Não posso ir até aí no momento por me encontrar ocupado com negócios muito importantes e é necessário que eu não seja associado a isso por enquanto. Se houver algo que eu possa fazer um pouco mais tarde, me avise por meio de uma carta para Edgar. Quando fico sabendo de algo assim, mal sei onde estou e fico completamente derrubado.*
> *Cordialmente,*
> MEYER WOLFSHIEM

E, em seguida, o apressado adendo:

Mande informações sobre o velório etc., não conheço a família dele.

Quando o telefone tocou naquela tarde e a telefonista de longa distância disse que a ligação era de Chicago, pensei que finalmente seria Daisy. Mas a conexão foi completada e surgiu uma voz masculina, bastante frágil e distante.

— Aqui é Slagle...

— Sim?

Eu não conhecia o nome.

— Péssima notícia, hein? Recebeu meu telegrama?

— Não chegou telegrama nenhum.

— O jovem Parke está enrascado — disse ele, rápido. — Pegaram o rapaz quando ele entregou as ações. Eles tinham recebido uma circular de Nova York entregando os números cinco minutos antes. O que você sabe sobre isso, hein? Não tem como saber nessas cidadezinhas de caipiras...

— Alô! — interrompi, sem fôlego. — Olha aqui... Não é o sr. Gatsby quem está falando. O sr. Gatsby morreu.

Houve um longo silêncio na outra ponta da linha, seguido por uma exclamação... depois um breve ruído que interrompeu a ligação.

* * *

Acho que foi no terceiro dia que um telegrama, assinado por Henry C. Gatz, chegou de uma cidade do Minnesota. Dizia apenas que o remetente estava partindo de imediato e que o velório devia ser adiado até que ele chegasse.

Era o pai de Gatsby, um velho solene, bastante desamparado e triste, empacotado num longo e barato sobretudo para se proteger do dia quente de setembro. Seus olhos lacrimejavam o tempo todo de frenesi e, quando peguei a mala e o guarda-chuva de suas mãos, ele começou a puxar sem parar sua rala barba grisalha, de um jeito que quase não me deixou tirar seu casaco. O homem estava a ponto de ter um colapso, por isso o levei à sala de música e fiz com que se sentasse e pedi algo para ele comer. Mas ele não quis comer e sua mão trêmula fez o leite vazar do copo.

— Eu vi no jornal de Chicago — disse ele. — Estava tudo no jornal de Chicago. Vim assim que li.

— Eu não sabia como encontrar o senhor.

Os olhos dele, vazios, se moviam incessantemente pela sala.

— Foi um louco — ele disse. — Ele devia estar louco.

— O senhor gostaria de um café? — perguntei.

— Não quero nada. Não se preocupe, senhor...

— Carraway.

— Bom, não se preocupe. Onde puseram o Jimmy?

Eu o levei à sala de estar, onde estava seu filho, e o deixei ali. Alguns meninos tinham ido até a escadaria e olhavam para dentro do saguão; quando eu disse quem havia chegado eles foram embora, relutantes.

Depois de um tempo, o sr. Gatz abriu a porta e saiu, com a boca entreaberta, o rosto ligeiramente corado, os olhos vazando lágrimas isoladas e tardias. Ele havia atingido uma idade em que a morte deixa de ser uma surpresa medonha, e agora, ao olhar em volta pela primeira vez e perceber a altura e o esplendor do saguão e os grandes cômodos que davam para ele e levavam a outros cômodos, sua tristeza começou a se mesclar a um orgulho intimidado. Levei-o até um quarto no andar de cima; enquanto ele tirava o casaco e o colete, contei que todos os preparativos tinham sido adiados até sua chegada.

— Eu não sabia o que o senhor queria, sr. Gatsby...

— Meu nome é Gatz.

— ...Sr. Gatz. Achei que o senhor poderia querer levar o corpo para o Oeste.

Ele sacudiu a cabeça.

— O Jimmy sempre gostou mais do Leste. Ele chegou a essa posição no Leste. O senhor era amigo do meu menino, senhor...?

— Éramos amigos íntimos.

— Ele tinha um grande futuro pela frente, sabe. Ainda era novo mas tinha muita inteligência aqui.

Ele tocou a própria cabeça de um modo impressionante, e eu concordei.

— Se tivesse vivido mais, seria um grande homem. Um homem como James J. Hill[33]. Teria ajudado a construir o país.

— É verdade — eu disse, desconfortável. Ele passou a mão pela colcha bordada, tentando tirá-la da cama, e se deitou petrificado. Dormiu no mesmo instante.

---

33 Magnata das ferrovias no início do século XX.

Naquela noite uma pessoa obviamente aterrorizada ligou e exigiu saber quem eu era antes de dar seu nome.

— Aqui é o sr. Carraway — eu disse.

— Ah... — Ele parecia aliviado. — Aqui é o Klipspringer.

Eu também estava aliviado, pois isso parecia prometer mais um amigo ao lado do túmulo de Gatsby. Eu não queria que aquilo saísse nos jornais, atraindo uma multidão de curiosos, por isso eu mesmo liguei para algumas pessoas. Não foi fácil encontrá-las.

— O velório é amanhã — eu disse. — Às três horas, aqui na casa. Eu pediria que você avisasse a todo mundo que possa se interessar.

— Ah, aviso sim — ele disse apressado. — Claro que vai ser difícil encontrar alguém, mas se encontrar, aviso.

O tom dele me deixou desconfiado.

— Claro que você vai estar lá.

— Bom, com certeza vou tentar. Eu liguei para...

— Um minuto — interrompi. — Por que você não diz que vai aparecer?

— Bom, o fato é... a verdade é que estou na casa de umas pessoas aqui em Greenwich e eles meio que estão contando com a minha presença amanhã. Na verdade tem uma espécie de piquenique ou algo assim. Claro que vou fazer meu melhor para fugir disso.

Deixei escapar um "arrã!" e Klipspringer deve ter ouvido, pois ele prosseguiu nervoso:

— Eu liguei por causa de um par de sapatos que deixei aí. Estava pensando se seria trabalho demais pedir que o mordomo mandasse para mim. Sabe, são calçados para jogar tênis, e sem eles eu fico meio perdido. Meu endereço é aos cuidados de B. F...

Não escutei o resto do nome porque desliguei o telefone.

Depois daquilo senti um pouco de vergonha por Gatsby — um cavalheiro para quem telefonei sugeriu que ele teve o que merecia. No entanto, a culpa foi minha, pois tratava-se de um daqueles sujeitos que costumava aproveitar-se da bebida de Gatsby para ter coragem de tirar sarro dele do modo mais amargo possível, e eu devia ter pensado melhor antes de ligar.

Na manhã do velório fui a Nova York encontrar Meyer Wolfshiem; aparentemente eu não conseguiria falar com ele de outro jeito. A porta que empurrei, aconselhado pelo ascensorista, tinha a inscrição The Swastika Holding Company[34], e num primeiro momento parecia não haver ninguém lá dentro. Mas quando gritei "olá" várias vezes em vão, começou uma discussão por trás de uma divisória, e logo depois uma linda judia apareceu numa porta interior e me avaliou com olhos negros hostis.

— Não tem ninguém — ela disse. — O sr. Wolfshiem foi para Chicago.

---

[34] Quando Fitzgerald escreveu este romance, entre 1924 e 1925, Adolf Hitler já havia adotado a suástica como símbolo para o Partido Nazista; porém, a popularidade de suas ideias e de sua figura ainda não tinha a proporção que alcançaria mais tarde. Portanto, a suástica no nome da empresa do judeu Wolfshiem não está necessariamente relacionada ao fascismo.

A primeira parte era obviamente falsa, pois alguém lá dentro tinha começado a assobiar "The Rosary"[35] desafinadamente.

— Por favor diga que o sr. Carraway quer falar com ele.

— Eu não tenho como fazer ele voltar de Chicago, tenho?

Neste momento uma voz, que sem dúvida era de Wolfshiem, chamou "Stella!" do outro lado da porta.

— Deixe seu nome na mesa — ela disse com pressa. — Entrego o recado quando ele voltar.

— Mas eu sei que ele está aqui.

Ela deu um passo na minha direção, pôs as mãos nos quadris e começou a deslizá-las para cima e para baixo, indignada.

— Vocês, homens e jovens, acham que podem entrar à força aqui quando quiserem — ela me censurou. — Estamos ficando cansados disso. Quando eu digo que ele está em Chicago, ele está em *Chicago*.

Mencionei Gatsby.

— Ahhh! — Ela me olhou de novo. — O senhor pode só... Como é mesmo o seu nome?

Ela sumiu. Um momento depois, Meyer Wolfshiem estava parado na porta, todo solene, estendendo as duas mãos para mim. Levou-me ao seu escritório, dizendo com voz cheia de reverência que era um período triste para todos nós, e me ofereceu um charuto.

---

35 Música católica bastante popular nos anos 1920, composta em 1898 por Ethelbert Nevin, com letra de Robert Cameron Rogers.

— Lembro quando nos conhecemos — disse ele. — Um jovem major recém-saído do Exército e coberto de medalhas de guerra. Ele estava tão sem dinheiro que precisava continuar usando o uniforme, porque não tinha como comprar roupas de civil. A primeira vez que vi Gatsby foi quando ele entrou na sala de bilhar da Winebrenner na Rua Quarenta e Três e pediu emprego. Ele não comia nada fazia uns dois dias. "Entre e almoce comigo", eu disse. Em meia hora ele comeu o equivalente a uns quatro dólares.

— Foi você quem iniciou Gatsby nos negócios? — perguntei.

— Iniciar! Eu *fiz* o Gatsby.

— Ah.

— Tirei o sujeito da sarjeta, do nada. Vi de cara que era um rapaz com modos de cavalheiro, de boa aparência, e quando ele me disse que era de Oggsford eu soube que ele seria muito útil. Fiz ele entrar na Legião Americana e ele tinha muito prestígio lá. Pouco tempo depois ele já estava prestando serviços para um cliente meu em Albany. Nós éramos assim, grudados… — Ele ergueu dois dedos grossos unidos. — Sempre juntos.

Fiquei pensando se essa parceria incluiu a manipulação do campeonato de beisebol de 1919.

— Agora ele está morto — eu disse após um momento. — Você era o amigo mais próximo dele, por isso sei que vai querer ir ao velório hoje à tarde.

— Eu queria ir.

— Bom, então venha.

Os pelos das narinas dele se agitaram ligeiramente e ele sacudiu a cabeça com os olhos cheios d'água.

— Não posso... não posso me envolver nisso agora — disse ele.

— Não tem nada para se envolver. Acabou tudo.

— Quando alguém é assassinado, eu nunca gosto de me envolver de qualquer maneira. Fico longe. Quando eu era novo a coisa era diferente... Se um amigo meu morria, não importava como, eu ficava com ele até o fim. Você pode achar que isso é sentimental, mas é verdade... ficava até o triste fim.

Vi que por algum motivo pessoal ele estava decidido a não ir, por isso me levantei.

— Você fez faculdade? — perguntou ele de repente.

Por um instante achei que ele ia sugerir uma "gonegsão", mas ele apenas acenou com a cabeça e apertou minha mão.

— Vamos tentar aprender a demonstrar nossa amizade por um homem enquanto ele está vivo, e não depois de morto — sugeriu ele. — Depois disso minha regra é não me intrometer.

Quando saí do escritório dele o céu tinha escurecido, e voltei para West Egg debaixo de garoa. Depois de trocar de roupa, fui até a casa ao lado e encontrei o sr. Gatz andando para lá e para cá agitado no saguão. O orgulho que ele sentia do filho e das posses do filho crescia continuamente, e agora ele tinha algo para me mostrar.

— Jimmy me mandou essa foto. — Ele pegou a carteira com dedos trêmulos. — Olhe.

Era uma fotografia da casa, rachada nos cantos e suja por ter sido manipulada por muitas mãos. Sr. Gatz apontou cada detalhe avidamente. "Olhe aqui!" e então buscava encontrar admiração nos meus olhos. Ele tinha mostrado a foto com tanta frequência que acho que aquilo era mais real para ele do que a própria casa.

— Jimmy me mandou. Acho uma foto muito bonita. Mostra bem a casa.

— Muito bem. O senhor viu seu filho nos últimos tempos?

— Ele foi me ver faz dois anos e comprou pra mim a casa onde eu moro hoje. Claro que a gente ficou de coração partido quando ele fugiu de casa, mas agora vejo que ele tinha um motivo para isso. Ele sabia que tinha um grande futuro pela frente. E, desde que começou a ser bem-sucedido, ele foi muito generoso comigo.

Sr. Gatz parecia relutar em guardar a foto, segurou-a por mais um minuto, demoradamente, diante de meus olhos. Depois a devolveu à carteira e tirou do bolso um exemplar maltratado de um livro chamado *Hopalong Cassidy*.

— Olhe aqui, este é um livro que ele tinha quando era menino. Vai te dar uma ideia.

Ele abriu o livro na contracapa e virou para que eu visse. Na última folha lia-se a palavra HORÁRIOS e a data de 12 de setembro de 1906. E embaixo:

Levantar 6h

Exercício com halteres e
escalada de parede 6h15-6h30

Estudar eletricidade etc. 7h15-8h15

Trabalhar 8h30-16h30

Beisebol e esportes 16h30-17h

Praticar dicção, postura
e como obtê-la 17h-18h

Estudar invenções necessárias 19h-21h

Resoluções gerais
› Não perder tempo na Shafters nem [um nome, indecifrável]
› Parar de fumar e mascar chicletes
› Tomar banho a cada dois dias
› Ler um livro ou revista instrutiva por semana
› Economizar ~~$5~~ $3 por semana
› Ser melhor com os meus pais

— Encontrei este livro por acaso — disse o homem. — Dá uma ideia de como ele era, não dá?

— É, dá mesmo.

— Jimmy estava destinado a ir longe. Ele sempre tinha resoluções parecidas com essas. Viu o que ele escreveu sobre aprimorar a mente? Ele sempre foi muito bom nisso. Uma vez disse que eu comia feito um porco e eu bati nele por causa disso.

Ele relutava em fechar o livro, lia cada item em voz alta e depois olhava ansioso para mim. Acho que esperava que eu copiasse a lista para também usar.

Pouco antes das três, o ministro luterano chegou de Flushing e não consegui deixar de olhar pelas janelas em busca de outros carros. O pai de Gatsby fez o mesmo. E à medida que o tempo passava e os criados entravam e ficavam à espera no saguão, os olhos dele começaram a piscar ansiosos e ele falou sobre a chuva de um jeito preocupado e incerto. O ministro olhou várias vezes para seu relógio, por isso o puxei de lado e pedi que esperasse meia hora. Mas não adiantou. Ninguém apareceu.

Perto das cinco horas, nossa procissão de três carros chegou ao cemitério e parou ao lado do portão, sob uma garoa cerrada — primeiro um rabecão, horrivelmente preto e molhado, depois o sr. Gatz e o ministro e eu na limusine, e, um pouco mais para trás, quatro ou cinco criados e o carteiro de West Egg na perua de Gatsby, todos encharcados. Quando atravessamos o portão rumo ao cemitério, ouvi um carro parar e depois o som de alguém chapinhando atrás de nós. Olhei em volta. Era o homem de olhos de coruja que eu encontrara uns três meses antes na biblioteca de Gatsby, admirado com os livros.

Eu não o tinha visto desde então. Não sei onde ele ouviu sobre o velório, nem sei seu nome. A chuva molhou as lentes grossas e ele tirou os óculos e limpou-os para ver a lona protetora desenrolada sobre o túmulo de Gatsby.

Tentei pensar em Gatsby por um momento, mas ele já estava distante demais e eu só conseguia lembrar, sem ressentimento, que Daisy não enviara nenhuma mensagem, nem flores. Ouvi alguém murmurar baixinho "Abençoados os mortos sobre quem a chuva cai", e então o homem de olhos de coruja disse "Amém", numa voz corajosa.

Nós nos arrastamos rapidamente em meio à chuva até chegar aos carros. Olhos de Coruja falou comigo no portão.

— Não consegui ir à casa — disse ele.

— Ninguém conseguiu.

— Não é possível! — Estava espantado. — Meu Deus! Eles iam lá às centenas.

Ele tirou os óculos de novo e limpou-os por fora e por dentro.

— Pobre coitado — disse ele.

* * *

Uma das minhas lembranças mais vívidas é a volta para o Oeste na época de Natal quando eu estava na escola preparatória e depois na faculdade. Aqueles que iam para algum lugar mais distante do que Chicago se reuniam na antiga e escura Union Station às seis da tarde de uma noite de dezembro com alguns poucos amigos de Chicago que já estavam envolvidos em suas próprias festividades de fim de ano para dar-lhes um apressado adeus. Eu me lembro dos casacos de pele das garotas que voltavam da casa da srta. Isso ou da srta. Aquilo, e da tagarelice com hálitos congelados e das mãos acenando acima da cabeça quando víamos velhos conhecidos e dos combinados e convites: "Você vai na casa dos Ordway? dos Hersey? dos Schultz?", e das grandes passagens verdes que agarrávamos com firmeza em nossas mãos enluvadas. E, por fim, os escuros vagões amarelos das linhas de Chicago, Milwaukee e St. Paul, que, nos trilhos ao lado do portão, pareciam alegres como o próprio Natal.

Quando saíamos para a noite de inverno e a neve de verdade, a nossa neve, começava a se estender ao nosso lado e a cintilar contra as janelas, e as luzes fracas das pequenas estações de Wisconsin passavam pelo trem, um novo ânimo selvagem e sem limites surgia de repente no ar. Inspirávamos profundamente esse ar enquanto voltávamos do jantar, passando por vestíbulos frios, indescritivelmente conscientes de nossa identidade com aquele lugar por uma estranha hora, antes de nos fundirmos a ele, formando mais uma vez um todo indistinguível.

Esse é o meu Meio-Oeste — não o trigo, as pradarias ou as cidades perdidas colonizadas por suecos, mas a emoção de voltar para casa naqueles trens da minha juventude e a iluminação das ruas e os sinos dos trenós no frio congelante e as sombras de guirlandas que janelas iluminadas lançavam sobre a neve. Eu sou parte daquilo, de certa solenidade com a sensação daqueles longos invernos, de certa complacência por ter crescido na casa dos Carraway numa cidade onde os habitantes continuam sendo chamados, geração após geração, pelo nome da família. Agora vejo que no fim das contas essa foi uma história sobre o Oeste — Tom e Gatsby, Daisy e Jordan e eu, todos éramos do Oeste, e pode ser que tivéssemos alguma deficiência em comum que sutilmente nos impedia de nos adaptar à vida do Leste.

Mesmo quando o Leste me empolgava mais, mesmo quando eu estava mais consciente de sua superioridade em relação às cidades enfadonhas, dispersas e inchadas além de Ohio, com suas intermináveis investigações que poupavam apenas as crianças e os muito velhos — mesmo nesses momentos, para mim o Leste parecia ter algo distorcido. West Egg, em especial, ainda aparece em meus mais fantásticos sonhos. Eu a vejo como um cenário noturno de El Greco[36]: uma centena de casas, a um só tempo convencionais e grotescas, sob um céu taciturno e ameaçador e uma lua sem brilho. Em primeiro plano, quatro homens solenes em trajes de gala andam pela calçada carregando uma maca na qual há uma mulher bêbada em seu vestido branco de festa. A mão dela, balançando ao lado da maca, tem um brilho frio de joias. Sérios, os homens entram em uma casa — a casa errada. Mas ninguém sabe o nome da mulher, e ninguém se importa.

Depois da morte de Gatsby, para mim o Leste se tornou assombrado, com uma distorção que está além do poder de correção de meus olhos. Assim, quando a fumaça azul das folhas quebradiças pairava no ar e o vento soprava a roupa úmida e dura nos varais, decidi voltar para casa.

Havia algo que eu precisava fazer antes de partir, uma coisa embaraçosa e desagradável que talvez eu devesse ter deixado pra lá. Mas eu queria deixar tudo em ordem e não simplesmente confiar que o útil e indiferente mar levasse

---

36 Domenicos Theotocopoulos (1541–1614), pintor, escultor e arquiteto grego que se estabeleceu na Espanha, muito apreciado no século XX.

embora o que eu deixava para trás. Eu me encontrei com Jordan Baker e falei sobre o que aconteceu entre nós e sobre o que aconteceu depois comigo, e ela ouviu tudo perfeitamente imóvel numa enorme poltrona.

Jordan estava vestida para jogar golfe e eu me lembro de ter pensado que ela parecia uma bela ilustração, o queixo um pouco erguido, confiante, os cabelos da cor de uma folha de outono, o rosto do mesmo tom de marrom que as luvas sem dedo que estavam sobre seus joelhos. Quando terminei ela me contou, sem fazer comentários, que estava noiva de outro homem. Duvidei disso, embora houvesse vários que se casariam com Jordan caso ela fizesse um mero aceno de cabeça, mas fingi estar surpreso. Por apenas um minuto fiquei pensando se eu não estava cometendo um erro, depois pensei rapidamente de novo no assunto e me levantei para dizer adeus.

— Mesmo assim você me dispensou — Jordan disse de súbito. — Você me dispensou pelo telefone. Agora eu não ligo a mínima para você, mas foi uma experiência nova para mim e eu fiquei abalada por um tempo.

Apertamos as mãos.

— Ah, e você se lembra... — acrescentou — de uma conversa que tivemos uma vez sobre dirigir um carro?

— Não, não exatamente.

— Lembra que você disse que um mau motorista só estava a salvo até encontrar outro mau motorista? Bom, eu encontrei outro mau motorista, não foi? Digo, fui descuidada de fazer uma aposta tão errada. Achei que você fosse uma pessoa honesta, sincera. Achei que esse fosse o seu orgulho secreto.

— Estou com trinta anos — eu disse. — Já passei cinco anos da idade máxima em que se pode mentir para si mesmo e chamar isso de honra.

Ela não respondeu. Furioso, e um pouco apaixonado por ela, e tremendamente arrependido, dei meia-volta.

* * *

Em uma tarde no final de outubro, vi Tom Buchanan. Ele estava andando à minha frente na Quinta Avenida a seu modo alerta e agressivo, as mãos um pouco afastadas do corpo como que para repelir qualquer interferência, a cabeça se virando bruscamente para um lado e para o outro, adaptando-se a seus olhos inquietos. Bem quando diminuí a velocidade para evitar ultrapassá-lo, ele parou e começou a franzir a testa nas vitrines de uma joalheria. De repente ele me viu e voltou alguns passos, me estendendo a mão.

— Qual é o problema, Nick? Você tem algo contra apertar minha mão?

— Sim. Você sabe o que penso de você.

— Você é maluco, Nick — disse ele, rápido. — Maluco de pedra. Não sei qual é o seu problema.

— Tom — perguntei —, o que você disse para Wilson naquela tarde?

Ele me encarou sem dizer uma palavra e eu sabia que tinha adivinhado o que acontecera naquelas horas perdidas. Comecei a me afastar, mas ele deu um passo em minha direção e me agarrou pelo braço.

— Eu contei a verdade — disse ele. — Wilson apareceu na minha porta quando estávamos nos preparando para partir e, quando mandei dizer que não estávamos, ele tentou subir à força. Ele estava louco o bastante para me matar se eu não dissesse de quem era o carro. A mão dele ficou segurando um revólver no bolso durante todo o tempo em que ele esteve na casa... — Tom parou de falar, com ar desafiador. — E se eu tivesse contado? Aquele sujeito fez por merecer. Ele te enganou, assim como enganou Daisy, mas era um cara violento. Ele passou por cima da Myrtle como quem passa por cima de um cachorro, e nem parou o carro.

Não havia nada que eu pudesse dizer, exceto um único fato inexprimível: aquilo não era verdade.

— E se você acha que eu também não sofri, olha aqui, quando fui entregar aquele apartamento e vi a maldita caixa de biscoitos de cachorro ali parada no aparador, eu sentei e chorei igual criança. Juro por Deus que foi horrível...

Eu não podia perdoá-lo nem gostar de Tom, mas percebi que, do ponto de vista dele, o que havia feito era completamente justificável. Tudo era muito imprudente e confuso. Eles eram pessoas imprudentes, Tom e Daisy — destruíam coisas e criaturas e depois batiam em retirada em direção a seu dinheiro ou a sua vasta imprudência ou a seja lá o que for que os mantinha unidos, e deixavam que outras pessoas arrumassem a bagunça que tinham feito...

Apertei a mão dele; parecia tolice não fazer isso, pois de repente tive a impressão de estar falando com uma criança. E então ele entrou na joalheria para comprar um colar de pérolas — ou quem sabe um par de abotoaduras —, livre para sempre de meu provincianismo cheio de melindres.

* * *

A casa de Gatsby continuava vazia quando parti — a grama do jardim havia ficado tão alta quanto a minha. Um dos taxistas da região jamais passava pelo portão de entrada sem parar um minuto e apontar para lá; talvez tenha sido ele quem levou Daisy e Gatsby para East Egg na noite do acidente e talvez ele tenha criado sua própria história sobre o caso. Eu não queria saber qual era essa história e o evitava quando saía do trem.

Eu passava minhas noites de sábado em Nova York porque aquelas festas cintilantes e deslumbrantes continuavam tão vívidas na minha cabeça que eu ainda conseguia ouvir a música e os risos baixos e incessantes no jardim de Gatsby e os carros entrando e saindo. Uma noite de fato ouvi um carro real lá e vi suas luzes pararem nos degraus da frente. Mas não investiguei. Provavelmente era um último convidado que tinha estado por um tempo nos confins da Terra e ainda não sabia que a festa tinha acabado.

Na última noite, com minha mala feita e meu carro vendido para o dono da mercearia, fui até lá e olhei uma última vez para aquela imensa tentativa fracassada de casa. Nos degraus brancos uma palavra obscena, rabiscada por algum menino com um pedaço de tijolo, destacava-se ao luar, e eu a apaguei, arrastando o pé sobre a pedra. Depois andei até a praia e deitei na areia.

A maioria dos casarões à beira da praia agora estava fechada e quase não havia luzes, exceto o brilho vago e deslizante de uma balsa atravessando o estuário. E, à medida que a lua subia cada vez mais alto, as supérfluas casas começaram a derreter até eu gradualmente me dar conta daquela velha ilha que em certo momento floresceu diante dos olhos de navegantes holandeses — um seio novo e fresco do Novo Mundo. Suas árvores desaparecidas, as árvores que cederam lugar para a casa de Gatsby, em outros tempos sussurraram seduzindo para o último e maior dos sonhos humanos; por um momento transitório e encantado o homem deve ter ficado sem fôlego na presença deste continente, compelido a uma contemplação estética que nem compreendia nem desejava, frente a frente, pela última vez na história, com algo proporcional à sua capacidade de espanto.

E enquanto fiquei ali pensando naquele antigo e desconhecido mundo, imaginei o espanto de Gatsby quando viu pela primeira vez a luz verde na extremidade de Daisy do cais. Ele tinha feito um longo caminho até chegar a este jardim azulado, e seu sonho deve ter lhe parecido tão próximo que ele dificilmente fracassaria em sua conquista. Ele não sabia que aquele sonho já ficara para trás, em algum momento do passado naquela vasta escuridão além da cidade, onde os campos sombrios da república se estendiam sob a noite.

Gatsby acreditava na luz verde, no futuro orgástico que ano a ano retrocede diante de nós. Esse futuro escapou antes, mas não importa — amanhã vamos correr mais rápido, estender nossos braços mais longe... E numa bela manhã...

E assim continuamos, barcos contra a corrente, impelidos incessantemente rumo ao passado.

NANO

GATSBY
GATSBY
GATSBY
GATSBY
GATSBY

DADOS INTERNACIONAIS DE CATALOGAÇÃO NA PUBLICAÇÃO (CIP)

F553g
Fitzgerald, F. Scott
O grande Gatsby / F. Scott Fitzgerald ; tradução de Rogerio
W. Galindo. – Rio de Janeiro : Antofágica, 2023.
232 p. : il. ; 11,5 x 15,4 cm ; (Coleção de Bolso)

Título original: *The Great Gatsby*

•

ISBN 978-65-80210-96-1

•

1. Literatura americana. I. Galindo, Rogerio W. II. Título.

CDD 813   CDU 821.111 (73)

André Queiroz – CRB 4/2242

Todos os direitos desta edição reservados à

Antofágica

prefeitura@antofagica.com.br
instagram.com/antofagica
youtube.com/antofagica
Rio de Janeiro — RJ

*Os portões de Antofágica estão
sempre ali, a uma baía de distância.*

Acesse os textos complementares a esta edição.
Aponte a câmera do seu celular para o QR CODE abaixo.

A EQUIPE DA IPSIS GRÁFICA, QUE EM OUTUBRO DE
2023 IMPRIMIU EM PÓLEN BOLD 70g ESTE LIVRO
COMPOSTO EM

Sentinel Graphik,

JAMAIS SE MISTURARIA COM ESSA
GENTALHA DE WEST EGG.